# 빨강 머리 앤 4

*Anne of Green Gables*

# 빨강 머리 앤 4

*Anne of Green Gables*

루시 모드 몽고메리 지음 | 박혜원 옮김

더모던
Themodern

Anne of Green Gables

## 차례

Anne of
Green Gables

23

# 자존심을 지키려다 슬픔에 빠지다

하지만 뜻하지 않은 사건으로 앤은 2주일보다 더 많은 시간을 기다려야 했다. 진통제 케이크 사건이 있었던 게 거의 한 달 전이니까, 뭔가 새로운 사고를 칠 때도 되기는 했다. 그 동안에도 돼지 먹이통에 부어야 할 탈지우유를 벽장에 가서 뜨개실 바구니에 붓는다든지, 몽상에 빠져 통나무 다리 가장자리를 걷다가 개울에 빠진다든지 하는 작은 실수는 있었지만, 그런 실수는 사고 축에도 들지 못했다.

목사관에서 차를 마신 날에서 일주일 뒤에 다이애나가 파티를 열었다.

"몇 명만 올 거예요. 우리 반 여자애들만요."

앤은 마릴라를 안심시켰다.

아이들은 다 함께 아주 즐거운 시간을 보냈고, 차를 마실 때까지는 별다른 일도 일어나지 않았다. 하지만 차를 마신 뒤 배리 씨네 정원으로 나간 아이들은 지금까지 하던 놀이에 싫증이 나자 못된 장난이 치고 싶어졌다. 그래서 시작한 게 '도전 놀이'였다.

도전 놀이는 그 무렵 에이번리 아이들 사이에서 한창 유행하고 있었다. 남자아이들이 처음 시작했지만 곧 여자아이들에게도 퍼졌고, 아이들이 무슨 일이든 '도전'하려 들어서 그해 여름 에이번리에서 일어난 온갖 터무니없는 일을 엮으면 책 한 권이 나올 정도였다.

제일 먼저 캐리 슬론이 루비 길리스에게 현관 앞 크고 오래된 버드나무를 어디어디까지 올라가 보라고 했다. 루비 길리스는 나무에 포동포동한 초록색 애벌레가 바글거리는 게 소름 끼치게 무섭고 새 모슬린 원피스가 찢겨 엄마에게 혼날까 겁이 났다. 하지만 후다닥 나무를 타서, 도전 과제를 낸 캐리 슬론이 실패했다. 다음으로 조시 파이가 제인 앤드루스에게 깨금발을 한 채 왼발로만 쉬지 않고 정원을 한 바퀴 돌아오라고 주문했다. 제인 앤드루스는 기세 좋게 출발했지만 세 번째 모퉁이에서 포기하는 바람에 패배를 인정할 수밖에 없었다.

조시가 부아가 날 정도로 승리를 뽐내자, 앤 셜리가 조시에게 정원 동쪽에 둘러쳐진 판자 울타리 위를 걸어 보라고 했다. 판자 울타리 위 '걷기'는 해 보지 않은 사람은 모르겠지만 꽤 많은 기술이 필요했고, 머리와 발꿈치도 일정한 자세를 유지해야 했다. 그러나 조시 파이는 인기를 얻는 재주는 부족해도 판자 울타리 위를 걷는 재주는 타고났고, 또 그 능력을 충분히 갈고닦기도 한 터였다. 조시는 이런 시시한 일은 '도전'할 가치도 없다는 듯이 태연한 얼굴로 배리 씨네 울타리 위를 걸었다. 아이들은 마지못해 조시의 성공에 박수를 보냈다. 대부분 판자 울타리 위 걷기에 실패한지라 조시의 실력을 인정할 수밖에 없었다. 조시가 승리의 기쁨에 얼굴이 빨갛게 상기되어 내려오면서 앤에게 도전적인 눈빛을 건넸다.

앤이 땋아 내린 빨강 머리를 휙 젖혔다.

"저렇게 작고 낮은 울타리를 걷는 건 그렇게 놀랄 일은 아니지. 메리스빌에 사는 어떤 여자애는 지붕 위도 걸었대."

"말도 안 돼. 지붕 위를 걸을 수 있는 사람은 없어. 너도 못할걸."

조시 파이가 단박에 말했다.

"내가 못한다고?"

앤이 발끈해서 소리쳤다.

"그럼 해 봐. 저 위로 올라가서 다이애나네

부엌 지붕 위를 걸어보라고."

조시가 시비조로 말했다.

얼굴이 하얗게 질렸지만 앤이 할 수 있는 선택은 하나뿐이었다. 앤은 부엌 지붕 밑에 걸쳐진 사다리 쪽으로 걸어갔다. 5학년 여자아이들이 놀라고 흥분한 얼굴로 저마다 "아!" 하고 탄성을 뱉었다.

"하지 마, 앤. 떨어져 죽을지도 몰라. 조시 파이가 한 말은 무시해. 이런 위험한 도전은 안 돼."

다이애나가 애원했다.

"난 해야 해, 다이애나. 자존심이 걸렸다고. 지붕 위를 걷든지 떨어져 죽든지 둘 중 하나야. 만약 내가 죽으면 내 진주 반지는 네가 가져."

앤이 엄숙하게 말했다.

모두 숨을 죽인 가운데 앤은 사다리를 올라가 지붕 처마를 붙잡은 다음, 위태로워 보이는 지붕 위에 서서 불안하게 균형을 잡았다. 지붕 위를 걷기 시작하자마자 자신이 불안하리만

치 너무 높은 곳에 올라왔고, 지붕을 걸을 때는 상상력도 별 도움이 안 된다는 사실을 깨닫고는 아찔했다. 그래도 앤은 몇 걸음을 내디뎠고, 마침내 재앙이 일어나고 말았다. 몸이 휘청하더니 균형을 잃어 발을 헛디뎠고, 앤은 햇볕에 뜨겁게 달아오른 지붕 위를 미끄러지며 담쟁이덩굴 속으로 떨어졌다. 지붕 아래 동그랗게 모여 있던 여자아이들은 앤이 갑자기 사라지자 깜짝 놀라고 겁에 질려 비명을 질렀다.

앤이 올라갔던 쪽 지붕으로 떨어졌더라면 다이애나는 그 자리에서 진주 반지의 상속자가 되었을 것이다. 다행히 앤은 반대쪽으로 떨어졌다. 그쪽 지붕은 현관 위로 길게 처마가 내려와서 땅과 높이가 더 가까웠기 때문에 떨어져도 심하게 다치지 않을 수 있었다.

다이애나와 아이들은 정신없이 집을 돌아 앤에게 달려갔다. 루비 길리스만이 충격에 빠져 그 자리에 못 박힌 듯 서 있었다. 앤은 엉망이 된 담쟁이덩굴 사이에 새하얗게 질린 얼굴로 누워 있었다.

다이애나가 친구 옆에 털썩 무릎을 꿇고 앉아 울부짖었다.

"앤, 죽은 거니? 아, 앤, 뭐라고 한 마디만 해 봐. 죽었는지 살았는지 말 좀 해 봐."

앤이 비틀거리며 일어나자 그제야 아이들이 안도했다. 특히 조시 파이는 가슴을 쓸어내렸다. 조시는 형편없는 상상력에도 혹여 앤 셜리를 비극적으로 요절하게 했다는 낙인 속에 살아가는 것은 아닌지 끔찍한 환영에 사로잡혀 있었다.

"안 죽었어, 다이애나. 그런데 감각이 없는 거 같아."

앤은 잘 모르겠다는 듯이 대답했다.

"어디가? 아, 어디가, 앤?"

캐리 슬론이 훌쩍거리며 울었다.

앤이 대답할 새도 없이 배리 부인이 눈앞에

나타났다. 앤은 배리 부인을 보고 발을 딛고 일어나려 했지만, 통증 때문에 새된 비명을 지르며 다시 주저앉았다.

"왜 그러니? 어디 다쳤니?"

배리 부인이 물었다.

"발목요. 아, 다이애나, 너희 아버지께 날 우리 집에 좀 데려다 달라고 해 줘. 한 걸음도 못 걷겠어. 한 발로는 집까지 그렇게 멀리 못 갈 거 같아. 제인은 정원도 한 발로 다 못 돌았잖아."

앤이 숨을 헐떡이며 말했다.

마릴라가 과수원에서 냄비 한가득 여름 사과를 따서 담고 있는데, 배리 씨가 통나무 다리를 건너 비탈길을 내려오는 게 보였다. 옆에는 배리 부인이, 뒤에는 여자아이들이 꼬리처럼 따라붙고 있었다. 배리 씨가 양팔로 앤을 안은 모습과 앤이 배리 씨의 어깨에 힘없이 머리를 기댄 모습도 보였다.

그 순간 마릴라는 불현듯 깨달았다. 심장을

쥐어짜는 듯한 두려움 속에서 앤이 자신에게 어떤 의미인지 뼈저리게 느꼈다. 앤을 좋아한다는 것은, 아니, 앤을 정말 아끼고 사랑하는 것은 이미 알고 있었다. 하지만 비탈길을 정신없이 뛰어 내려가면서 마릴라는 앤이 세상의 그 무엇보다 소중한 존재라는 사실을 알게 되었다.

"배리 씨, 앤이 어떻게 된 건가요?"

긴 세월 동안 언제나 자제력 강하고 분별 있게 행동했던 마릴라가 새하얗게 질린 얼굴로 몸을 떨면서 목멘 소리로 물었다.

"너무 놀라지 마세요, 아주머니. 지붕 위를 걷다가 떨어졌어요. 발목을 삔 것 같아요. 그래도 목은 안 부러졌잖아요. 우리 좋은 쪽으로 생각해요."

앤이 고개를 들며 직접 대답했다.

"내 너를 그 파티에 보낼 때부터 무슨 일을 낼 줄 알았다."

그제야 마음이 놓인 마릴라가 통박을 주었다.

"배리 씨, 이쪽으로 와서 아이를 소파에 눕혀 주세요. 에구머니나, 얘가 기절을 했네!"

정말 그랬다. 다친 곳의 심한 통증 때문에 앤은 그렇게 소원 하나를 이뤘다. 실신을 한 것이다.

밭에서 수확을 하다 급히 불려온 매슈가 곧바로 의사를 부르러 갔고, 잠시 후 의사가 도착했다. 부상은 생각보다 심각했다. 발목이 부러진 것이다.

그날 밤, 마릴라가 동쪽 다락방에 올라가자 얼굴이 새하얘진 앤이 침대에 누워 구슬픈 목소리로 맞이했다.

"저 너무 불쌍하죠, 아주머니?"

"다 네 잘못이야."

마릴라가 블라인드를 당겨 내리고 등에 불을 켜며 말했다.

"그러니까 절 불쌍하게 생각해 주셔야 해요, 아주머니. 다 제 잘못이라서 더 힘들어요.

다른 사람 탓이라도 할 수 있으면 기분이 훨씬 나아질 텐데 말이에요. 하지만 누군가 아주머니한테 지붕 위를 걸어 보라고 도전한다면 어떻게 하시겠어요?"

"나 같으면 안전한 땅에 딱 버티고 서서 그러든지 말든지 했을 게다. 어리석긴!"

앤이 한숨을 쉬었다.

"아주머니는 마음이 그만큼 강하시잖아요. 하지만 전 아니에요. 조시 파이가 무시하는 걸 참을 수가 없어요. 평생 제 앞에서 우쭐거릴 거라고요. 그리고 저도 이번만큼은 벌을 받았으니까 아주머니, 너무 화내지 말아 주세요. 아무튼 기절이란 건 전혀 좋은 게 아니네요. 의사 선생님이 발목을 고정시킬 때도 정말 너무 아팠어요. 6주에서 7주나 밖에 나갈 수 없다니, 전 새로 오신 여자 선생님도 못 만나겠네요. 제가 학교에 갈 즈음에는 더 이상 새 선생님이 아니잖아요. 그리고 길…… 아이들이 전

부 저보다 수업을 앞서갈 거예요. 아, 괴로운 인생이에요. 하지만 아주머니가 화만 내지 않으시면 씩씩하게 참아 보도록 노력할게요."

"그래그래, 화내는 게 아니야. 네가 운이 없는 건 분명한 것 같구나. 하지만 네 말대로 살다 보면 힘든 일도 있기 마련이지. 그만 됐다. 저녁을 좀 먹거라."

"제게 상상력이 있어서 다행이죠? 덕분에 전 즐겁게 견딜 수 있을 거예요. 상상력이 전혀 없는 사람들은 뼈가 부러지면 어떻게 할까요, 아주머니?"

앤은 지루한 7주 동안 자신의 상상력에 몇 번이고 고마워했다. 하지만 상상력에만 기대어 지낸 것은 아니었다. 많은 사람들이 병문안을 왔고, 여학생들은 하루도 빠짐없이 초록 지붕 집에 와서 꽃을 건네거나 책을 빌려주고 에이번리의 아이들 세상에서 벌어진 온갖 사건을 들려주었다.

다리를 다친 뒤 처음으로 절뚝거리며 거실에 내려온 날, 앤이 행복한 한숨을 내쉬며 말했다.

"모두 참 친절하고 좋은 사람들이에요, 아주머니. 다쳐서 누워 있는 게 그리 즐거운 일은 아니지만, 좋은 점도 있어요. 저한테 얼마나 친구가 많은지 알게 되거든요. 벨 장로님도 절 보러 오셨어요. 정말 훌륭한 분이세요. 마음이 통하는 친구는 아니지만 그래도 전 장로님이 좋아요. 장로님이 한 기도들을 좋지 않게 말했던 것도 무척 죄송하고요. 이젠 기도도 진심으로 하신다는 걸 알아요. 진심이 아닌 것처럼 기도하는 습관이 있을 뿐이었어요. 조금만 노력하면 습관을 바꾸실 수 있을 거예요. 제가 귀띔해 드렸거든요. 제가 혼자 기도할 때 재미있게 하려고 얼마나 노력하는지 말이에요. 장로님도 어렸을 때 발목이 부러진 적이 있대요. 근데 장로님한테도 어린 시절이 있었다는 게 잘 상상이 안 돼요. 제 상상력에도 한계가 있

나 봐요. 장로님이 어렸을 때를 상상하려고 해도 잿빛 수염에 안경 쓴 모습만 떠올라요. 주일학교에서 보는 모습 그대로에 키만 작게요. 그런데 앨런 사모님이 어렸을 때는 금방 상상할 수 있어요. 앨런 사모님은 열네 번이나 저를 보러 오셨어요. 자랑할 만하죠, 아주머니? 목사님 부인인데 할 일이 굉장히 많으실 거 아니에요! 사모님이 오시면 기분이 참 좋아요. 사모님은 모두 네 잘못이니 이 일을 계기로 더 나은 아이가 되길 바란다는 식으로는 절대 말씀하지 않으세요. 린드 아주머니는 저를 보러 오실 때마다 같은 말씀을 하시는데, 제가 착한 아이가 되길 바라시는지는 몰라도 그렇게 될 거라고는 진심으로 믿지 않는다는 투로 말씀하세요. 조시 파이까지 병문안을 왔지 뭐예요. 저는 할 수 있는 한 예의를 다해서 그 애를 맞았어요. 제게 지붕에 올라가라고 한 걸 미안해 할 것 같았거든요. 만약 제가 죽었다면 평생토록 어두운 그림자처럼 자책감을 지고 살아야 했을 거예요. 다이애나는 정말 참된 친구예요. 제가 외롭지 않게 날마다 와서 즐겁게 해 줬어요. 아, 학교에 갈 수 있게 되면 정말 좋겠어요. 새로 오신 선생님에 대해 신나는 얘기를 많이 들었거든요. 여자애들은 전부 선생님이 굉장히 상냥한 분이래요. 다이애나 말로는 아름다운 곱슬곱슬한 금발에 마음을 사로잡는 눈을 가지셨대요. 옷도 아름답게 입고, 선생님의 볼록 소매는 에이번리에서 제일 클 거래요. 2주일에 한 번씩 금요일 오후에 낭독 시간이 있는데, 모두 작품 한 편씩 읽거나 간단한 연극 대화에 참여해야 한대요. 아, 정말 멋져요. 조시 파이는 그 시간이 싫다고 하지만, 그건 조시가 상상력이 별로 없어서 그래요. 다이애나하고 루비 길리스랑 제인 앤드루스는 다음 주 금요일에 발표할 〈아침의 왕진〉이라는 연극을 연습하고 있어요. 낭송을 하지 않는 금요일 오후엔 스테이시 선생님이 아이들을 데리고 숲으로 '야외 수업'을 나가서 고사리랑 꽃이랑 새들을 공부한대요. 또 매일 아침이랑 저녁에는 신체 단련을 위해 체조도 하고요. 린드 아주머니는 그런 수업은 들어 본 적도 없다면서 이게 다 여자 선생님이 와서 그런 거라고 말씀하세요. 하지만 제 생각엔 정말 멋질 거 같아요. 전 스테이시 선생님과 마음이 잘 통할 거라고 믿어요."

"한 가지는 확실하구나, 앤. 배리 씨네 지붕에서 떨어졌어도 입은 멀쩡하다는 거 말이다."

24

# 스테이시 선생님과 학생들이 발표회를 계획하다

다시 10월이 왔고, 앤도 학교에 갈 수 있을 만큼 회복되었다. 모든 게 붉은빛과 황금빛으로 물든 눈부신 10월이었다. 감미로운 아침이면 가을의 정령이 부어 놓은 듯이 골짜기마다 부드러운 안개가 자욱해서, 햇살을 따라 자줏빛과 진줏빛, 은빛, 장밋빛 그리고 뿌연 푸른빛으로 일렁였다. 이슬이 촉촉하게 내린 들판은 은실로 짠 옷을 입은 듯 반짝였고, 가지가 무성했던 수풀에서 떨어져 쌓인 나뭇잎들은 걸

음마다 바스락거렸다. '자작나무 길'은 노랗게 장막을 드리운 것 같았고, 길을 따라 난 고사리는 갈색으로 시들었다. 대기를 감싼 알알한 냄새는 꼬마 아가씨들의 마음을 부추겨, 달팽이처럼 굼뜬 걸음이 아니라 날래고 경쾌하게 학교로 향하게 만들었다. 작은 갈색 책상에 다시금 다이애나와 나란히 앉게 된 것도 행복한 일이었다. 루비 길리스는 통로 건너편에서 고개를 끄덕여 인사했고, 캐리 슬론은 쪽지를 보냈으며, 줄리아 벨은 뒷자리에서 '껌'을 전달하여 건넸다. 앤은 행복에 겨워 길게 숨을 고르며 연필을 깎고 그림 카드를 책상 안에 가지런히 넣어 두었다. 삶은 확실히 즐거운 일이었다.

새로운 선생님은 앤에게 진실하고 도움이 되는 또 한 명의 친구가 되어 주었다. 스테이시 선생님은 밝고 이해심이 많은 젊은 여성으로, 제자들의 마음을 사로잡고 정신적으로나 도덕적으로 아이들의 잠재력을 최대한 끌어낼

줄 아는 사람이었다. 앤은 선생님에게 유익한 영향을 받으며 꽃처럼 피어났고, 집으로 돌아와서는 감탄을 잘하는 매슈와 비판을 잘하는 마릴라에게 학교 공부와 앞으로의 목표에 대해 열심히 설명했다.

"전 스테이시 선생님이 진심으로 좋아요, 아주머니. 선생님은 정말 여성스럽고 목소리도 아주 예뻐요. 그리고 제 이름을 부르실 때 끝에 꼭 'e'를 붙여서 발음하시는 걸요. 오늘 낮에 낭송을 했어요. 아주머니도 그 자리에서 제가 〈스코틀랜드의 여왕, 메리〉를 암송하는 걸 들으셨어야 했는데. 정말 제 영혼을 다 바쳐서 했거든요. 집에 오는 길에 루비 길리스가 그러더라고요. 제가 '여자가 말했네. 이제 내 아버지를 위해 여인의 마음을 버리겠노라'라는 대목을 말할 때 소름이 끼쳤대요."

"그럼 언제 한번 헛간에서 내게도 들려주려무나."

"그럼요, 매슈 아저씨. 하지만 그렇게 잘하진 못할 거예요. 전교생이 숨죽인 채 제 앞에 앉아서 제 말 한 마디에 온 신경을 집중할 때만큼 흥분되지 않을 테니까요. 그래서 아저씨를 소름 끼치게 해 드리진 못할 거예요."

앤이 골똘히 생각하며 말했다. 그러자 마릴라가 말했다.

"린드 부인이 지난 금요일에 소름이 쫙 끼쳤다더구나. 벨 씨네 언덕에서 남자아이들이 까마귀 둥지를 찾는다면서 커다란 나무 꼭대기까지 올라가는 걸 봤다면서 말이야. 그것도 스테이시 선생님이 시킨 건지 모르겠구나."

"자연 학습 때문에 까마귀 둥지가 필요했어요. 그날 낮에 야외 수업이 있었거든요. 야외 수업은 정말 재미있어요, 아주머니. 스테이시 선생님은 모든 걸 굉장히 아름답게 설명하세요. 야외 수업을 하는 날은 작문도 해야 하는데, 제가 제일 잘 써요."

"앤, 그렇게 말하는 건 자만이야. 그런 말은 선생님이 하시는 거지."

"선생님도 그러셨어요, 아주머니. 정말요. 자만하는 게 아니에요. 기하학이 그렇게 엉망인데 제가 어떻게 자만할 수 있겠어요? 이제 조금씩 이해가 가기는 하지만요. 스테이시 선생님은 기하학을 정말 쉽게 가르쳐 주세요. 그래도 절대 잘하지는 못할 거 같지만요. 이건 겸손한 생각이잖아요. 하지만 작문은 정말 재밌어요. 대개는 스테이시 선생님이 우리한테 자유로이 주제를 고르게 하시지만, 다음 주엔 위인에 대해 써야 해요. 그렇게 많은 위인 중에서 한 명을 고르는 건 너무 힘들어요. 훌륭한 사람이 돼서 죽은 다음에 누군가 내 얘기를 글로 쓴다면 정말 멋지지 않나요? 아, 저도 훌륭한 사람이 되고 싶어요. 이다음에 어른이 되면 간호사가 될래요. 적십자에 들어가서 사랑의 천사로 전쟁터에 갈래요. 그러니까 선교사가 돼서 외국에 가지 않으면요. 해외 선교사가 되는 건 정말 낭만적이지만, 그러려면 아주 착해야 해서 그게 걸려요. 아주머니, 우린 날마다 체조도 해요. 체조를 하면 몸도 예뻐지고 소화도 잘된대요."

"소화는 무슨!"

마릴라는 정말로 죄다 쓸데없는 짓이라고 생각했다.

그러나 야외 수업과 금요일 암송 시간, 체조 활동은 스테이시 선생님이 11월에 한 가지 계획을 제안하면서 전부 뒷전으로 밀려났다. 그 계획은 에이번리 학교의 학생들이 성탄절 밤에 회관에서 발표회를 열자는 것이었는데, 그날 모인 기금으로 학교에 국기를 세우자는 훌륭한 목표도 함께였다. 아이들은 만장일치로 찬성했고, 즉시 프로그램을 준비했다. 그리고 출연자로 선발된 아이들 중에서도 가장 흥분한 사람은 앤 셜리였다. 앤은 열과 성을 다하여 발표회 준비에 나섰지만, 언제나처럼 마릴라의 반대에 부딪혔다. 마릴라는 온통 어리석은 짓이라고 투덜댔다.

"머릿속에 허튼 생각만 잔뜩 채워 넣고 공부할 시간만 잡아먹는 짓이야. 아이들이 발표회를 열고 그걸 준비한다고 몰려다니는 건 찬성할 수가 없다. 괜히 허영심만 들고 버릇 나빠지고 쏘다니는 거나 좋아하게 되겠지."

"하지만 훌륭한 목표가 있잖아요. 국기가 있으면 애국심을 기를 수 있어요, 아주머니."

앤이 애원했다.

"허튼소리! 너희 중에 조금이라도 애국심을 생각하는 아이가 누가 있겠니. 그저 재미있게 놀자는 거 아니냐."

"그래도 애국심이랑 재미가 합쳐지면 좋잖아요? 물론 발표회를 연다니까 정말 좋아요. 합창곡을 여섯 곡이나 부를 거고 다이애나는 독창을 한 곡 해요. 저는 연극 두 편에 출연

하고요. 〈소문을 금지하는 사회〉하고 〈요정 여왕〉이에요. 남자아이들도 연극을 할 거래요. 전 낭송도 두 편 할 거예요, 아주머니. 그 생각을 하면 떨리는데, 기분 좋게 설레는 떨림이에요. 그리고 마지막으로 〈믿음, 소망, 사랑〉이라는 제목의 타블로*를 해요. 저하고 다이애나랑 루비 길리스가 같이 하얀 옷을 입고 머리를 풀고 나와요. 전 '소망'을 맡아서 두 손을 이렇게 마주 잡고 높은 곳을 바라봐요. 시 낭송은 다락방에서 연습할 거예요. 신음하는 소리가 들려도 놀라지 마세요. 가슴이 미어질 듯한 신음을 내야 하는 부분이 있는데, 신음 소리를 예술적으로 내기가 너무 어려워요, 아주머니. 조시 파이는 연극에서 하고 싶던 역을 못 맡아서

---

* 특정한 배경 앞에서 분장한 사람이 그림 속 인물처럼 정지된 자세를 취하여 역사나 문학의 한 장면 또는 명화 등을 재현하는 것을 말한다.

삐쳤어요. 요정 여왕 역을 하고 싶어 했거든요. 그 역을 맡았으면 좀 웃겼을 거예요. 조시처럼 뚱뚱한 요정 여왕이 있다는 말을 들어보셨어요? 요정 여왕은 날씬해야 하잖아요. 제인 앤드루스가 여왕 역을 맡을 거고, 전 여왕의 시녀 중 하나가 될 거예요. 조시는 요정의 머리가 빨간 것도 뚱뚱한 것 못지않게 웃기다고 하지만, 조시의 말에는 신경 쓰지 않으려고요. 저는 머리에 하얀 장미 화관을 쓸 거예요. 덧신은 제 것이 없으니까 루비 길리스가 빌려준대요. 요정은 덧신을 신어야죠. 장화를 신은 요정이 상상이 되세요? 그것도 발부리에 구리가 달린 장화라뇨. 화관은 가문비나무와 전나무 가지를 엮어서 그 사이에 얇은 분홍색 종이 장미를 달아 장식할래요. 그리고 우린 관객이 모두 앉은 다음 두 명씩 짝을 지어 입장하기로 했어요. 입장하는 동안 엠마 화이트가 오르간으로 행진곡을 연주하고요. 아, 아주머니, 아주머니

가 저만큼 발표회를 고대하지 않으신다는 건 알아요. 하지만 아주머니의 어린 앤이 발표회에서 돋보이길 바라지 않으세요?"

"내가 바라는 건 네가 얌전히 구는 것뿐이야. 이 난리법석이 다 끝나고 네가 마음을 잡으면 정말로 기쁘겠구나. 지금은 연극이니 신음이니 타블로니 하는 아무짝에도 쓸모없는 것들만 머릿속에 꽉 들어차 있잖니. 그나저나 네 혀는 대리석처럼 닳지도 않는구나."

앤은 한숨을 쉬며 뒤뜰로 갔다. 밝은 녹황색 서쪽 하늘에 걸린 어린 초승달이 잎 떨어진 포플러 나뭇가지 사이에서 빛났다. 그곳에서 매슈가 장작을 패고 있었다. 앤은 나무더미 위에 걸터앉았다. 적어도 아저씨라면 자기를 이해하고 귀담아들을 거라고 확신하며 매슈에게 발표회에 대해 이야기했다.

"그래, 아주 재미있는 발표회가 될 것 같구나. 너도 네 역할을 멋지게 해낼 거라 믿는다."

매슈는 간절한 표정에 생기 넘치는 조그마한 얼굴을 내려다보며 미소를 지었다. 앤도 마주 보고 웃었다. 둘은 가장 좋은 친구였다. 매슈는 앤의 교육을 맡지 않은 행운에 수없이 감사했다. 교육은 오로지 마릴라의 몫이었다. 만약 매슈가 앤의 교육을 맡았다면 앤의 바람을 들어주고 싶은 마음과 의무감 사이에서 매번 갈등하며 고민에 빠졌을 것이다. 앤을 교육할 의무가 없으므로, 마릴라의 표현대로 하면 매슈는 마음껏 앤의 '버릇을 망쳐 놨다.' 그러나 따지고 보면 그게 그리 나쁜 것만은 아니었다. 작은 '칭찬'이 때로는 세상에서 가장 충실한 '교육'만큼이나 좋은 효과를 내는 법이니까.

25

# 매슈가 퍼프 소매를 고집하다

매슈는 10분째 난감해 하고 있었다. 어스름하니 땅거미가 내려앉은 추운 12월 저녁, 부엌으로 들어온 매슈는 무거운 장화를 벗으려고 장작통 한쪽에 걸터앉았다. 그때까지만 해도 앤과 학교 친구들이 거실에서 〈요정 여왕〉을 연습 중인 것을 알지 못했다. 그런데 곧이어 아이들이 복도를 지나 신나게 웃고 떠들면서 부엌으로 몰려 들어왔다. 아이들은 매슈를 보지 못했다. 부끄러움을 타는 매슈가 한 손에는 장화를, 다른 한 손에는 장화 주걱을 든 채 장작통 뒤쪽 그늘진 곳에 몸을 웅크리고 숨었기 때문이었다.

그는 그 자리에서 아이들이 모자를 쓰고 겉옷을 입으며 연극과 발표회에 대해 재잘거리는 모습을 10분 동안 몰래 지켜봤다. 앤은 친구들처럼 눈을 반짝이며 생기로 가득 차서 아이들 사이에 서 있었다. 그런데 문득 매슈는 앤이 친구들과 뭔가 다르다는 느낌을 받았다. 달라서는 안 될 게 다르다는 생각 때문에 걱정이 됐다. 앤은 친구들보다 얼굴도 더 밝았고 눈도 더 크고 반짝였으며 이목구비도 고왔다. 수줍음 많고 관찰력 없는 매슈조차 알아챌 수 있었다. 하지만 매슈의 마음을 어지럽게 한 다른 점은 이런 게 아니었다. 도대체 뭐가 다른 거지?

아이들이 팔짱을 끼고 꽁꽁 언 긴 오솔길을 따라 돌아가고, 앤이 책을 펼쳐든 뒤 한참이 지나서도 이 물음이 매슈의 머리에서 떠나지 않았다. 마릴라에게 물을 수도 없었다. 마릴라라면 우습다는 듯 콧방귀를 뀌며, 다른 점이 있다면 다른 애들은 그래도 가끔 한 번씩 입을 다무는데 앤은 절대 안 그런다는 것뿐이라고 말할 게 뻔했다.

저녁 내내 매슈가 파이프를 입에 물고 그 문제만 생각하자, 마릴라는 넌더리를 냈다. 두 시간 동안 담배에 의지하여 골똘히 생각한 끝에 드디어 정답을 찾아냈다. 앤이 다른 여자아이들과 다른 옷을 입고 있었다!

아무리 생각해 봐도 앤은 다른 여자애들처럼 옷을 입은 적이 없었다. 초록 지붕 집에 온 이후로 한 번도 없었다. 마릴라는 한결같이 수수하고 칙칙한 옷을, 늘 똑같은 모양으로 만들어서 입혔다. 옷에도 유행 같은 게 있다는 것을 알았다 해도 매슈가 할 수 있는 일은 별로 없었을 것이다. 하지만 앤의 옷소매가 다른 여자애들의 옷소매와 전혀 달라 보이는 것은 확실했다. 매슈는 그날 저녁 앤을 둘러싸고 있던 여자애들을 떠올렸다. 다들 허리 부분에 화사한 빨간색, 파란색, 분홍색, 하얀색 장식이 들어간 옷을 입었다. 매슈는 마릴라가 앤에게 왜 그렇게 밋밋하고 수수한 옷만 입히는지 의아했다.

물론 그게 잘못된 것은 아니었다. 그런 문제라면 마릴라가 누구보다 잘 알 테고 앤의 교육을 맡은 사람도 마릴라였다. 그러니까 아마도 다 생각이 있어서, 이해할 수는 없지만 어떤 이유가 있어서 그랬을 것이다. 하지만 다이애나 배리가 늘 입고 다니는 예쁜 원피스가 한 벌쯤 있다고 해서 아이가 어떻게 되는 것도 아니었다. 매슈는 앤에게 예쁜 옷을 선물하기로 마음먹었다. 쓸데없이 참견한다고 퇴짜를 맞을 일도 없었으면 했다. 앞으로 2주일만 있으면 크리스마스였다. 예쁜 새 원피스를 선물하기에 딱이었다. 매슈는 만족스럽게 한숨을 쉬며 담뱃대를 치우고 자러 갔고, 마릴라는 문이란 문은 다 열고 환기를 시켰다.

바로 다음 날 저녁, 매슈는 어려운 일은 얼른 해치우자는 생각에 옷을 사러 카모디로 나갔다. 옷을 사는 일이 만만치는 않을 터였다. 다른 물건을 살 때라면 흥정은 못해도 잘 살 수 있었다. 그러나 여자아이의 옷을 사는 일이라니, 매슈는 가게 주인이 골라 주지 않을까 생각했다.

한참 고민한 끝에 매슈는 윌리엄 블레어 씨네 말고 새뮤얼 로슨 씨네 가게에 가기로 결심했다. 사실 매슈와 마릴라는 윌리엄 블레어 씨네 가게만 다녔다. 그것은 장로교회에 다니고 보수당에 투표하는 것만큼이나 당연한 일이었다. 그러나 블레어 씨네 두 딸이 가게에 나와 손님을 맞는 일이 잦았기 때문에 그쪽으로 가기가 겁났다. 평소 살 물건이 정해져 있어서 그것만 콕 집어 가리킬 때는 간신히 물건을 사서 왔지만, 설명도 하고 상의도 해야 할 때는 계산대 앞에 반드시 남자가 앉아 있는 곳에 가야 했다. 그래서 새뮤얼이나 그 아들이 가게를 지키고 있을 로슨 씨네 가게로 가기로 마음먹은 것이다.

그런데 맙소사! 매슈는 새뮤얼이 최근 가게를 넓히면서 여자 점원을 고용한 줄 미처 몰랐다. 점원은 로슨 부인의 조카로, 실로 화려한 젊은 아가씨였다. 전체를 빗어 올린 머리는 둥그렇게 부풀어 밑으로 늘어져 있었고, 갈색 눈은 크고 동그랬다. 활짝 웃는 미소는 보는 사람이 당황스러울 정도였다. 세련미가 철철 넘치는 드레스를 입고 팔에는 팔찌를 몇 개씩이나 차고 있어서 손을 움직일 때마다 번쩍거리며 빛과 함께 쨍그랑 소리가 났다. 매슈는 가게에 들어갔다가 여자 점원이 있자 어쩔 줄을 몰랐고, 요란한 팔찌들을 보니 완전히 정신이 나갈 지경이었다.

"뭐가 필요하신가요, 커스버트 씨?"

루실라 해리스 양이 양손으로 계산대를 톡톡 두드리며 애교 있는 목소리로 싹싹하게 물었다.

"저…… 저기…… 정원…… 정원용 갈퀴 있나요?"

매슈가 더듬더듬 말했다.

해리스 양은 약간 놀란 듯 쳐다봤다. 12월 중순에 정원용 갈퀴를 달란 소리를 들었으니 놀란 것도 무리는 아니었다.

"팔고 남은 게 한두 개 있을 거예요. 그런데 2층 창고에 있어요. 가서 찾아볼게요."

해리스 양이 자리를 뜬 사이 매슈는 흐트러진 정신을 되돌리려 애썼다.

해리스 양이 갈퀴를 들고 돌아오면서 활기차게 물었다.

"더 필요한 건 없으세요, 커스버트 씨?"

"글쎄요. 그러고 보니, 저……, 그러니까…… 어디 보자…… 그…… 그…… 건초씨요."

매슈는 두 손을 꽉 쥐고 용기를 내어 대답했다.

해리스 양은 매슈 커스버트가 조금 이상하다는 말은 들어 알고 있었다. 하지만 직접 만나 보니 완전히 정신이 나간 사람 같았다.

해리스 양은 도도한 태도로 설명했다.

"건초씨는 봄에 들어와요. 지금은 남아 있는 게 없네요."

"아, 물론…… 맞아요……. 그렇지요."

불쌍한 매슈는 말을 더듬거리며 갈퀴를 꽉 움켜쥐고 문으로 향했다. 문간에 이르러서야 돈을 내지 않았다는 사실을 깨닫고는 괴로운 심정으로 걸음을 돌렸다. 해리스 양이 거스름돈을 세는 동안 매슈는 마지막 필사의 힘을 쥐어짰다.

"저…… 번거롭게 해서 미안하지만……, 그

러니까…… 저 그…… 설탕도 조금…….”

“흰 설탕을 드릴까요, 갈색 설탕을 드릴까요?”

해리스 양이 침착하게 물었다.

“아…… 그…… 갈색요.”

매슈가 기어들어가는 소리로 말했다.

“저쪽에 한 통 있어요. 설탕은 저거 한 종류예요.”

해리스 양이 팔찌를 흔들어 대며 말했다.

“그…… 그거 9킬로그램만 줘요.”

매슈의 이마에는 땀방울이 송골송골 맺혔다.

집까지 반쯤 마차를 몰고 와서야 매슈는 제정신이 돌아왔다. 오싹한 경험이었지만 모르는 가게에 가는 이단 행위를 저지른 당연한 대가라는 생각이 들었다. 집으로 돌아온 매슈는 갈퀴를 연장 창고에 숨기고 설탕은 마릴라에게 들고 갔다.

마릴라가 소리쳤다.

"갈색 설탕이잖아요! 무슨 생각으로 이렇게 많이 산 거예요? 갈색 설탕은 일꾼들 오트밀을 끓일 때나 검은 과일 케이크를 만들 때 말고는 전혀 쓸 일이 없어요. 제리는 그만뒀고 케이크는 진즉에 만들어 놨다고요. 이런, 좋은 설탕도 아니네요. 알갱이가 거칠고 색도 질잖아요. 윌리엄 블레어 씨가 이런 설탕은 잘 취급을 안 하는데."

"언제…… 언젠가는 쓰겠지 싶어서 그랬지."

매슈는 이렇게 상황을 빠져나갔다.

매슈는 앤의 옷 문제를 곰곰이 생각하다 도움을 줄 여자가 있어야겠다는 결론을 내렸다. 마릴라는 아니었다. 마릴라는 단번에 매슈의 계획에 찬물을 끼얹을 게 확실했다. 린드 부인밖에 없었다. 에이번리에 매슈가 감히 조언을 구할 다른 여자는 없었다. 매슈는 린드 부인을 찾아갔다. 그리고 그 마음 좋은 부인은 잔뜩 지친 남자의 손에서 흔쾌히 짐을 덜어주었다.

"앤에게 선물할 옷을 대신 골라 달라는 거죠? 그러고말고요. 내일 카모디에 가서 알아볼게요. 따로 생각해 둔 건 있나요? 없다고요? 뭐, 그럼 제가 알아서 하지요. 앤한테는 짙은 갈색이 잘 어울릴 거예요. 그리고 윌리엄 블레어네 글로리아 옷감이 정말 예뻐요. 아마 내가 만드는 게 서로 좋을 거예요. 마릴라가 만들면 앤이 미리 눈치를 챌 거고 그러면 깜짝 선물도 물 건너가겠죠? 자, 내가 할게요. 아니요, 귀찮을 거 하나 없어요. 난 바느질을 좋아하니까요. 내 조카인 제니 길리스한테 맞게 만들면 되겠군요. 그 애가 앤하고 쌍둥이처럼 체형이 닮았거든요."

"저, 정말 고마워요. 그리고…… 저…… 잘은 모르지만…… 그…… 요즘 소매가 옛날이랑 다르던데요. 무리한 부탁이 아니라면 요즘…… 요즘 식이면 좋겠어요."

"퍼프 소매요? 물론이죠. 그건 전혀 걱정할

필요 없어요, 매슈. 소매는 최신 유행대로 만들게요."

매슈가 돌아가자 린드 부인의 입가에 미소가 번졌다.

"그 가여운 아이가 한 번쯤 제대로 된 옷을 입고 있는 모습을 보는 것도 꽤 흐뭇할 거야. 마릴라가 입히는 옷들은 솔직히 말도 안 되잖아. 터놓고 말하고 싶었던 게 열두 번도 더 된다니까. 마릴라가 충고를 듣는 걸 싫어하는 거 같아서 아무 말도 안 한 거지. 게다가 결혼도 안 했으면서 아이 교육에 대해 나보다 더 잘 안다고 생각한다니까. 하긴 항상 그런 식이지. 애를 키워본 사람이면, 모든 아이에게 빠르고 확실하게 들어맞는 양육법이란 없다는 걸 알 텐데. 한 번도 키워본 적 없는 사람들이 수학 등식처럼 규칙에 대입만 하면 정답이 쉽게 나오는 줄 안다니까. 하지만 아이가 어디 산수 푸는 머리로 길러지나. 마릴라 커스버트도 그

걸 모른단 말이야. 자기처럼 옷을 입히면 앤이 겸손한 마음을 기를 줄 아나본데, 시기심이나 불만만 키울 공산이 더 크지. 그 애도 자기 옷이 다른 여자애들이랑 다르다는 걸 틀림없이 느낄 테니까. 그나저나 매슈가 그걸 알아차리다니! 60년 넘게 잠자던 매슈가 이제야 눈을 뜨나 보군."

2주일의 시간이 흐르는 동안, 마릴라는 매슈에게 뭔가 꿍꿍이가 있음을 눈치챘다. 하지만 크리스마스이브에 린드 부인이 새 옷을 들고 나타나기 전까지 그게 뭔지 짐작도 못했다. 린드 부인은 마릴라가 만들면 앤이 금방 눈치챌까 봐 매슈가 걱정을 해서 자신이 만들었다고 그럴듯하게 둘러댔다. 마릴라는 그 말을 곧이곧대로 믿지 않았지만 아무렇지 않은 듯 행동했다.

"그러니까 오라버니가 2주 내내 뭔가 비밀 있는 사람처럼 굴면서 혼자 싱글벙글 웃었던 게 이거였군요? 오라버니가 무슨 엉뚱한 짓을 꾸미는 건 짐작했어요. 글쎄요, 앤한테 옷이 더 필요할까요? 올가을에도 튼튼하고 따뜻하고 편한 옷을 세 벌 만들어 줬고, 그 이상은 순전히 사치예요. 이 소매에 들어간 옷감만 가지고도 웃옷 한 벌은 만들겠네요. 오라버니, 이건 앤의 허영심만 채워줄 거예요. 그 아이는 지금도 공작새만큼이나 허영심이 가득하다고요. 그래도 앤 마음에 들었으면 좋겠네요. 이런 어처구니없는 소매가 처음 나왔을 때부터 이걸 입고 싶어 했으니까요. 뭐, 한 번 그런 소릴 한 뒤로 입 밖에 꺼낸 적은 없지만요. 그 볼록 소매는 갈수록 커지고 우스꽝스러워지더니, 지금은 풍선처럼 부풀었다니까요. 내년쯤엔 볼록 소매 옷을 입은 사람들은 문을 나갈 때 옆걸음으로 걸어야 할걸요."

마릴라가 조금은 딱딱하지만 너그러이 말했다.

크리스마스 아침이 밝자, 세상이 온통 하얗고 아름답게 변해 있었다. 12월 날씨가 매우 포근했기에 다들 크리스마스에 눈이 내리지 않을 거라고 예상했다. 하지만 밤새 많은 눈이 소복이 내려 에이번리는 아름답게 변해 있었다. 앤은 기쁜 눈으로 얼어붙은 다락방 창밖을 살짝 내다보았다. '유령의 숲'의 전나무가 온통 하얀 솜털을 뒤집어쓰고 있었다. 자작나무와 벚나무는 진주로 테를 두른 듯했고, 쟁기질이 끝난 들판은 눈이 쌓여 하얀 물결처럼 보였다. 공기에 가득한 상쾌하고 알싸한 냄새가 코끝을 톡 건드렸다. 앤은 아래층으로 뛰어 내려가며 초록 지붕 집 가득 목소리가 울려 퍼지도록 노래를 불렀다.

"메리 크리스마스, 마릴라 아주머니! 메리 크리스마스, 매슈 아저씨! 정말 아름다운 크리스마스죠? 눈이 와서 정말 기뻐요. 눈이 없으면 크리스마스가 아닌 거 같잖아요! 전 그린 크리스마스[*]는 싫어요. 사실 초록색도 아니잖아요. 지저분하게 빛바랜 갈색이랑 회색이죠. 사람들은 왜 그걸 초록색이라고 할까요? 어…… 어…… 매슈 아저씨, 이거 제 거예요? 와, 아저씨!"

매슈가 멋쩍게 종이 포장지를 풀어 옷을 꺼내 앞으로 내밀면서 눈치를 살피듯 마릴라를 흘깃 보았다. 마릴라는 모르는 척 찻주전자에 물을 채우고 있었지만, 궁금한 마음을 감추지 못하고 곁눈으로 힐끔거렸다.

앤이 옷을 받아들고 한동안 경건한 침묵이 흘렀다. 아, 이 얼마나 예쁜지. 아름답고 부드러운 갈색 글로리아 옷감으로 만든 드레스는 실크의 매끄러운 광택이 돋보였다. 그리고 치맛자락에 크고 작은 주름 장식도 달렸고, 허리에는 최신 유행의 길고 가는 정교한 주름이,

---

* 눈이 오지 않는 크리스마스

목에도 얇은 레이스에 잔주름이 잡혔다. 그러나 가장 마음을 사로잡은 건 소매였다. 소맷동은 팔꿈치까지 길게 올라왔고, 그 위로 아름답게 부푼 볼록한 소매가 작은 주름단과 갈색 실크 리본 매듭으로 나뉘어져 있었다. 매슈가 수줍게 말했다.

"네게 주는 크리스마스 선물이란다, 앤. 어……, 아니…… 앤, 마음에 안 드니? 이런…… 이런……."

앤의 눈이 한순간에 눈물로 가득 찼다.

"마음에 들어요! 아, 아저씨! 아저씨, 정말이지 너무 아름다워요. 아, 뭐라고 감사 인사를 드려야 할지 모르겠어요. 소매 좀 보세요! 아, 행복한 꿈을 꾸고 있는 것만 같아요."

앤은 옷을 의자 위에 걸어 놓고 두 손을 꼭 맞잡았다.

마릴라가 끼어들었다.

"자, 자, 아침 식사 해야지. 앤, 난 네게 그

옷이 필요할 것 같진 않지만 오라버니가 널 위해 준비했으니 잘 입도록 해라. 린드 부인이 네게 주라며 머리 리본도 놓고 가셨단다. 갈색이라 그 옷에 어울릴 게야. 이제 와서 앉아라."

앤이 황홀한 듯 말했다.

"아침은 못 먹겠어요. 이렇게 가슴 벅찬 순간에 아침 식사는 너무 평범한 일이잖아요. 옷을 맘껏 보며 눈으로 즐길래요. 볼록 소매가 아직 유행하고 있어서 정말 기뻐요. 볼록 소매 옷을 입어보지도 못하고 유행이 지나가 버리면 평생 한이 될 것 같았거든요. 절대 그냥 만족하지 못했겠죠. 린드 아주머니께서 리본을 주셨다니 너무 고마워요. 정말 착한 아이가 되어야 할 것 같아요. 가끔은 제가 모범생이 아니라는 게 후회가 돼요. 앞으로는 모범적인 아이가 되자고 늘 다짐은 하거든요. 하지만 뿌리치기 힘든 유혹이 생기면 왠지 다짐을 지키기가 힘들어요. 그래도 이제부턴 정말 더 열심히 노력할게요."

평범한 아침 식사를 마쳤을 때, 다이애나가 진홍색 코트를 입고 밝은 얼굴로 골짜기 쪽의 하얀 통나무 다리를 건너는 게 보였다. 앤은 다이애나를 만나러 한달음에 비탈길을 내려갔다.

"메리 크리스마스, 다이애나! 아, 정말 즐겁고 멋진 크리스마스야. 너한테 보여줄 굉장한 게 있어. 매슈 아저씨가 최고로 예쁜 옷을 선물하셨거든. 그보다 멋진 소매는 상상도 못할 것 같아."

"나도 줄 게 있어. 자, 이 상자야. 조세핀 할머니가 큰 상자에 선물을 가득 담아 보내셨어. 이건 네 거야. 어젯밤에 가져오고 싶었는데 상자가 너무 늦게 도착해서 말이야. 어두워지면 '유령의 숲'을 지나오기가 좀 무서워서."

다이애나가 숨을 헐떡이며 말했다.

앤이 상자를 열며 안을 슬며시 들여다봤다. 제일 먼저 '앤에게, 메리 크리스마스'라고 적힌 카드가 보였고, 다음으로 발부리에 구슬이 달리고 새틴 나비 리본과 반짝이는 버클이 장식된 앙증맞은 가죽 덧신이 한 켤레 나왔다.

"아, 다이애나, 이건 너무 과분해. 내가 꿈을 꾸고 있나 봐."

"난 하늘의 뜻이라고 생각해. 이젠 루비한테 덧신을 빌리지 않아도 돼. 정말 다행이지 뭐야. 루비의 덧신은 네 발보다 두 치수나 크잖아. 요정이 발 끄는 소리를 내며 걸으면 귀에 거슬릴 거야. 조시 파이는 고소해 하겠지만. 있지, 롭 라이트가 그저께 밤에 연습을 마치고 거티 파이와 함께 집에 갔대. 넌 그런 얘기 못 들었어?"

그날 에이번리의 학생들은 회관을 장식하고 마지막 예행연습을 하느라 다들 들뜨고 흥분해 있었다.

발표회는 저녁에 시작되어 성공적으로 끝났다. 작은 회관이 사람들로 꽉 찼고 무대에

선 학생들도 전부 자기 역할을 훌륭히 해냈다. 하지만 발표회에서 가장 밝게 빛난 별은 앤이었고, 시기심 많은 조시 파이조차 그 사실을 부인하지는 못했다.

"아, 정말 근사한 밤이었지?"

발표회를 모두 마치고 앤과 다이애나는 별이 총총 박힌 까만 하늘 아래 함께 집으로 걸어갔다.

"모든 게 다 잘됐어. 10달러는 모았을 거야. 있잖아, 앨런 목사님이 발표회에 관한 글을 써서 샬럿타운 신문에 보내실 거래."

다이애나가 현실적인 이야기로 답했다.

"와, 다이애나, 우리 이름이 정말 신문에 나오는 거야? 생각만 해도 가슴이 뛰어. 네가 독창을 할 때 정말이지 기품이 넘쳤어, 다이애나. 앙코르를 받았을 땐 내가 더 자랑스럽더라니까. '저렇게 찬사를 받는 사람이 내가 사랑하는 마음의 친구라니' 하면서 혼자 중얼거렸어."

"뭘, 네 낭송이야말로 박수갈채를 받았잖아, 앤. 그 슬픈 시는 진짜 아름다웠어."

"아, 난 너무 긴장했어, 다이애나. 앨런 목사님이 내 이름을 부르는데 정말이지 연단에 어떻게 올라갔는지도 기억이 안 난다니까. 마치 수백만 개의 눈동자가 나를 꿰뚫어 보는 것 같았어. 순간적으로 입이 안 떨어져서 얼마나 끔찍했다고. 그때 내 아름다운 퍼프 소매가 떠오르자 용기가 났어. 그런 소매를 입을 자격은 있어야 했으니까, 다이애나. 그래서 일단 시작은 했는데, 내 목소리가 어디 멀리서 들리는 느낌인 거야. 꼭 내가 앵무새가 된 것 같았어. 다락방에서 틈만 나면 낭송 연습을 했던 게 하늘이 내린 운이었어. 그렇게 안 했으면 결코 해내지 못했을 거야. 신음 소리는 괜찮았니?"

"그럼. 정말 아름다운 신음 소리였어."

다이애나가 자신 있게 말했다.

"자리로 돌아올 때 슬론 할머니가 눈물을

훔치시는 모습을 봤어. 내가 누군가에게 감동을 줬다고 생각하니 뿌듯하더라. 발표회에 참여하는 건 정말 낭만적이지 않니? 아, 오늘 발표회를 절대 잊지 못할 거야."

"남자애들도 연극을 잘하지 않았니? 길버트 블라이드는 진짜 멋있었어. 앤, 난 네가 길버트한테 너무 못되게 구는 것 같아. 내 말 좀 끝까지 들어 봐. 네가 요정 대사를 하고 무대에서 뛰어내려올 때 네 머리에서 장미 한 송이가 떨어졌거든. 길버트가 그걸 줍더니 자기 가슴 주머니에 꽂는 걸 봤어. 거봐. 넌 낭만적인 아이니까 이런 일은 기뻐해야 되는 거잖아."

"걔가 뭘 하든 나하고는 아무 상관없어. 걜 생각하느라 낭비할 시간 없어, 다이애나."

앤이 딱딱하게 말했다.

그날 밤, 20년 만에 처음으로 발표회에 참석한 마릴라와 매슈는 앤이 잠든 뒤에도 한동안 부엌 난롯가에 앉아 있었다.

"글쎄다. 내가 보기엔 우리 앤이 제일 잘하는 거 같더구나."

매슈가 자랑스러운 듯 말했다.

"그래요. 그렇디다. 똑똑한 아이예요, 오라버니. 그리고 정말 예뻤어요. 나는 이런 발표회를 한다기에 썩 내키지 않았는데, 뭐 나쁠 건 없는 것 같아요. 어쨌든 오늘 밤엔 앤이 자랑스럽더군요. 앤한테는 아무 말 안 할 거지만요."

마릴라도 인정했다.

"글쎄다. 나는 위층에 올라가기 전에 자랑스러웠다고 말해줬다. 저 아이 앞날을 위해서 우리가 할 수 있는 일이 뭔지도 이제 생각해야 할게야, 마릴라. 저 애가 에이번리 학교를 졸업한 뒤를 고민해야 할 날도 머지않았어."

"그건 아직 생각할 시간이 많이 있어요. 저 애는 3월에 겨우 열세 살이라고요. 하지만 오늘 밤에 보니 어느새 훌쩍 컸다는 생각도 들긴 하네요. 린드 부인이 옷을 조금 길게 만들어서 키가 더 커 보이는 거 같기도 하고요. 저 애는 배우는 속도가 빠르니, 내 생각에는 나중에 퀸스 학교에 보내는 게 가장 좋을 것 같아요. 하지만 한두 해 동안은 아직 그런 얘기를 꺼낼 필요가 없죠."

"글쎄다. 한 번씩 그런 생각을 해 보는 것도 나쁠 것 없지. 그런 일은 생각을 많이 하면 할수록 더 좋은 법이니까."

RRY

26

# 이야기 클럽을 만들다

에이번리의 어린 학생들은 다시 이어지는 단조로운 일상이 따분하기 이를 데 없었다. 특히 몇 주 동안 흥분에 취해 있던 앤에게는 모든 게 끔찍이도 지루하고 김빠지고 무의미해 보였다. 앤이 발표회 이전의 조용한 즐거움을 누리던 그때로 다시 돌아갈 수 있을까? 처음에 앤은 다이애나에게 말한 것처럼 절대 그럴 수 없을 것 같았다.

50년은 족히 지난 일을 회상하듯 앤이 애절

하게 말했다.

"이건 확실해, 다이애나. 지난날과 똑같은 생활로 돌아갈 순 없을 거야. 시간이 조금 흐르면 익숙해지기야 하겠지만, 발표회가 우리 일상을 망가뜨릴까 봐 걱정이야. 그래서 마릴라 아주머니가 발표회를 반대하셨나 봐. 아주머니는 정말 분별 있는 분이셔. 분별력이 있다는 건 무척 좋은 일일 거야. 하지만 난 솔직히 분별력 있는 사람이 되고 싶지는 않아. 낭만이 너무 없잖아. 린드 아주머니는 내가 그렇게 되지 않을 거니까 걱정하지 말라고 하시지만, 그건 아무도 모를 일이잖아. 지금 생각에 나는 어른이 되면 분별력 있는 사람이 될 거 같거든. 그냥 피곤해서 그런 생각이 드나 봐. 어젯밤에 한참 동안 잠을 못 잤거든. 침대에 누워서 발표회 생각만 하고 또 하고 그랬어. 그런 행사를 하면 이런 건 참 좋은 거 같아. 이렇게 계속 돌아볼 수 있어서 너무 멋지잖아."

하지만 결국 에이번리 학교는 예전의 생활을 되찾고 전에 즐기던 관심거리들로 눈을 돌렸다. 발표회 후유증이 있기는 했다. 루비 길리스와 엠마 화이트는 무대에서 앞자리를 놓고 싸우더니 학교에서도 서로 다른 자리에 앉았고, 3년 동안 이어진 튼튼한 우정도 깨져버렸다. 조시 파이와 줄리아 벨은 석 달 동안 '말'을 하지 않았다. 줄리아 벨이 시를 낭송하려고 자리에서 일어나 인사하는 모습이 꼭 닭이 모가지를 흔드는 것 같았다고 조시 파이가 베시 라이트에게 말했는데, 베시가 그 이야기를 그대로 줄리아에게 전했기 때문이다. 슬론 씨네 아이들과 벨 씨네 아이들은 서로 상대하지 않으려 했다. 벨 씨네 아이들은 슬론 씨네 아이들이 프로그램을 너무 많이 맡았다며 불평했고, 슬론 씨네 아이들은 벨 씨네 아이들이 얼마 되지도 않은 역도 제대로 해내지 못했다고 되받아 공격했다. 마지막으로 찰리 슬론은 무디 스퍼전 맥퍼슨과 싸웠다. 무디 스퍼전이 앤 셜리가 낭송으로 잘난 체한다고 말했다가 흠씬 얻어맞은 것이다. 그 때문에 무디 스퍼전의 여동생인 엘라 메이는 겨울 내내 앤 셜리와 말을 하지 않으려고 했다. 이런 사소한 마찰들을 제외하고는 스테이시 선생님의 작은 왕국은 규칙대로 순탄하게 돌아갔다.

겨울도 한 주 한 주 흘러갔다. 그해 겨울은 예년과 달리 포근하고 눈도 별로 오지 않았기 때문에 앤과 다이애나는 거의 매일 '자작나무 길'을 지나 학교에 갔다. 앤의 생일에도 둘은 계속 재잘거리면서도 눈과 귀는 한껏 곤두세운 채 '자작나무 길'을 가볍게 걸어 내려갔다. 스테이시 선생님이 곧 '겨울 숲 산책'이라는 주제로 글쓰기를 할 거라고 해서 숲을 주의 깊게 관찰해야 했다.

앤이 경외감이 깃든 목소리로 말했다.

"생각해 봐, 다이애나. 내가 오늘 열세 살

이 됐잖아. 십대*가 됐다는 게 실감이 잘 안 나. 오늘 아침에 일어났는데 세상이 달라진 것만 같았어. 넌 한 달 전에 열세 살이 됐으니까 나처럼 신기한 기분은 아닐 거야. 사는 게 훨씬 더 재미있어지는 것 같아. 2년만 더 지나면 정말 어른이 되겠지. 그때가 되면 조금 거창한 표현을 써도 아무도 비웃지 않을 거라 생각하니 정말 안심이야."

"루비 길리스는 열다섯 살이 되자마자 바로 남자친구부터 만들 거래."

다이애나가 말했다. 앤이 경멸하는 투로 그 말을 받았다.

"루비 길리스는 남자친구 생각밖에 안 해. 현관 벽에 누가 자기 이름을 쓰면 겉으론 굉장히 화를 내도 사실 좋아한다니까. 근데 이런 게 험담이면 어쩌지? 앨런 사모님이 험담은 절

---

* 13~19세 정도를 가리킨다.

대 하면 안 된다고 하셨는데. 나도 모르게 이런 말이 입 밖으로 불쑥 나와 버린다니까. 넌 안 그래? 조시 파이는 험담 말고는 할 얘기가 없어. 그래서 난 아예 걔 얘기는 안 하잖아. 네가 눈치챘는지 모르겠지만 말이야. 아무튼 난 앨런 사모님처럼 되려고 할 수 있는 노력은 다 하고 있어. 사모님은 완벽한 분 같아. 앨런 목사님도 그렇게 생각하시나 봐. 린드 아주머니가 그러시는데, 목사님은 사모님이 밟고 지나간 길까지 숭배할 정도래. 아주머니는 목사님이 한낱 인간에게 그런 애정을 쏟아붓는 건 옳지 않다고 생각하신대. 하지만 다이애나, 목사님도 사람이잖아. 다른 사람들처럼 어떤 죄는 더 쉽게 짓기도 하고 그러겠지. 지난 주일 오후에는 앨런 사모님이랑 인간이 빠지기 쉬운 죄에 대해 정말 재밌는 대화를 나눴어. 주일날 나누기에 적절한 대화 주제가 몇 개 안 되는데, 이건 이야기할 만한 주제잖아. 내가 빠지기 쉬운 죄는 상상을 너무 많이 하느라 해야 할 일을 잊는 거야. 이 버릇을 고치려고 열심히 노력하고 있어. 이젠 열세 살이니까 차차 나아지겠지."

"4년만 있으면 우리도 머리를 틀 수 있어. 앨리스 벨은 겨우 열여섯 살인데 머리를 올리고 다니잖아. 그건 좀 우스운 거 같아. 난 열일곱 살이 될 때까지 기다릴 거야."

다이애나가 말했다. 그러자 앤이 단호하게 말했다.

"만약 내가 앨리스 벨처럼 코가 삐뚤어졌다면 난 그런…… 아니야! 말하지 않을래. 이건 너무 심한 험담이야. 게다가 내 코랑 비교까지 하고 있었어. 그건 허영심이잖아. 오래전에 코를 칭찬 받았는데 그 뒤로 줄곧 코 생각을 너무 많이 하는 거 같아. 나한테는 정말 큰 위로거든. 아, 다이애나, 저기 봐. 저기 토끼야. 토끼도 숲 작문에 쓰게 기억해 두자. 숲은 겨울에

도 여름만큼이나 아름다운 거 같아. 온통 하얗고 고요해서, 마치 잠이 들어 예쁜 꿈을 꾸고 있는 기분이야."

"이번 작문 글쓰기는 별로 걱정 안 돼. 숲에 대한 글은 어떻게든 쓸 수 있을 것 같거든. 하지만 월요일에 내야 할 작문 숙제를 생각하면 앞이 캄캄해. 이야기를 직접 지어내라고 하신 거 말이야!"

다이애나가 한숨을 쉬었다.

"왜, 그건 완전 식은 죽 먹기잖아."

"넌 상상력이 풍부하니까 그렇지. 상상력 없이 태어났다면 어떨 거 같아? 넌 벌써 다 썼지?"

다이애나가 항변하듯이 말했다.

앤은 잘난 척하는 것처럼 보이지 않으려고 애썼지만 어쩔 수 없이 고개를 끄덕였다.

"지난 월요일 저녁에 썼어. 제목은 '질투하는 경쟁자'나 '죽음도 갈라놓을 수 없다'로 할 거야. 마릴라 아주머니께 읽어 드렸더니 너무 허황되고 말도 안 되는 얘기래. 그다음에 매슈 아저씨께 읽어 드렸는데 아저씨는 좋다고, 잘 썼다고 하셨어. 난 아저씨 같은 비평가가 좋아. 이건 슬프고도 아름다운 이야기야. 이 글을 쓰면서 어린애처럼 엉엉 울었다니까. 코딜리어 몽모랑시와 제럴딘 시모어라는 아름다운 두 아가씨에 대한 이야기야. 둘은 같은 마을에 살면서 서로를 헌신적으로 사랑해. 코딜리어는 짙은 밤처럼 까만 머리에 눈은 저녁놀처럼 반짝반짝 빛나고 피부가 가무잡잡한 아가씨야. 제럴딘은 금실 같은 머리카락을 지닌 여왕처럼 아름다운 금발에 눈은 벨벳처럼 부드러운 자주색이야."

"눈이 자주색인 사람은 태어나서 한 번도 못 봤어."

다이애나가 미심쩍은 듯 말했다.

"나도 못 봤어. 그냥 상상한 거야. 조금 색다

르게 하고 싶었거든. 제럴딘은 설화석고 같은 이마도 가졌어. 설화석고 같은 이마가 뭔지 알아냈어. 열세 살이 돼서 좋은 게 이런 점인 거 같아. 열두 살 때보다 아는 게 훨씬 더 많잖아."

"그래서 코딜리어하고 제럴딘은 어떻게 됐어?"

다이애나가 두 주인공의 운명에 호기심을 보였다.

"둘은 아름답게 자라서 열여섯 살이 됐어. 그런데 어느 날 버트럼 드비어가 두 사람이 사는 마을에 오고, 금발의 제럴딘과 사랑에 빠지게 돼. 마차의 말이 날뛰며 달려가는데, 버트럼이 그 마차에서 제럴딘을 구한 거야. 제럴딘이 버트럼한테 안겨서 정신을 잃는 바람에 버트럼은 제럴딘을 5킬로미터나 떨어진 집까지 데려다줬어. 마차는 다 부서졌을 거 아냐. 청혼하는 장면은 상상하기가 좀 어려웠어. 경험해 본 적이 없잖아. 그래서 루비 길리스한테 남자들이 어떻게 청혼하는지 아냐고 물어봤어. 결혼한 언니들이 많으니까 이런 문제는 꿰고 있을 것 같았거든. 루비는 맬컴 앤드루스가 수전 언니한테 청혼할 때 복도 벽장 안에 숨어 있었대. 루비가 그러는데, 맬컴이 아버지한테서 농장을 물려받았다고 하면서 '사랑하는 그대여, 이번 가을에 결혼하는 게 어떻소?' 그랬더니 수전 언니가 '좋아요…… 아니, 안 돼요…… 아, 모르겠어요. 잠깐만요' 했는데, 순식간에 약혼까지 하더래. 하지만 난 그런 청혼은 별로 낭만이 없는 거 같아서, 결국 최대한 상상력을 끌어내야 했어. 난 아주 화려하고 시적인 장면으로 꾸며서 버트럼이 무릎을 꿇게 했어. 루비 길리스 말로는 요즘은 그렇게 잘 안 하는 것 같지만. 제럴딘이 청혼을 받아들이는 대사가 한 페이지나 돼. 그 대사를 쓸 때 굉장히 애를 먹었어. 다섯 번이나 고쳐 써서 걸작이 탄생한 것 같아. 버트럼은 다이아몬드 반지와 루비 목걸이를 주면서 유럽으로 신혼여행을 떠나자고 말해. 어마어마하게 부자거든. 하지만 아아, 두 사람의 앞날에 어두운 그림자가 드리우기 시작해. 코딜리어도 아무도 모르게 버트럼을 사랑하고 있었던 거지. 제럴딘이 버트럼과 약혼했다고 말했을 때 코딜리어는 분노가 치솟았고, 목걸이랑 다이아몬드 반지를 보고는 폭발해 버렸어. 제럴딘을 향한 사랑이 쓰디쓴 증오로 바뀌었고 코딜리어는 두 사람이 절대 결혼하지 못하게 하리라고 맹세했어. 하지만 제럴딘에게는 여전히 친구인 것처럼 아무렇지도 않게 대했지. 어느 날 저녁, 둘은 물살이 사나운 강 위의 다리 위에 서 있었어. 코딜리어가 두 사람밖에 없다고 생각하고 제럴딘을 다리 밑으로 힘껏 밀었지. '하하하!' 비웃으면서 말이야. 하지만 그 장면을 전부 목격한 버트럼이 '내가 그대를 구하겠소, 나의 소중한 제럴딘'이라고 외치며 제럴딘을 따라 물속으로 뛰어든 거야. 하지만 애석하게도 버트럼은 수영을 못한다는 걸 미처 생각하지 못했던 거지. 결국 두 사람은 서로 꼭 끌어안은 채 물에 빠져 죽어. 두 사람의 시신은 곧 물가로 떠밀려 왔어. 둘은 한 무덤에 묻히고 더없이 장엄한 장례식이 치러져, 다이애나. 결혼식보다는 장례식으로 끝나는 게 훨씬 더 낭만적이거든. 코딜리어는 자책감 때문에 미쳐서 정신병원에 갇혀. 난 그게 코딜리어의 죄를 시적으로 벌하는 거라고 생각했어."

"너무 아름다워! 앤, 어떻게 하면 그렇게 감동적인 이야기를 생각해 낼 수 있어? 나도 너처럼 상상력이 많으면 좋겠어."

매슈와 성향이 비슷한 비평가인 다이애나가 한숨을 쉬었다.

"상상력은 기르면 생겨. 방금 좋은 생각이 하나 떠올랐어, 다이애나. 우리 둘이 이야기 클럽을 만들어서 글쓰기 연습을 하는 거야. 네가 혼자 할 수 있을 때까지 내가 도와줄게. 사람은 상상력을 길러야 하잖아. 스테이시 선생님이 그러셨어. 물론 방향을 잘 잡아야 하지만. 선생님께 '유령의 숲' 얘기를 했더니 그건 상상력을 잘못 발휘한 거라고 하셨거든."

앤이 격려를 담아 말했다.

그렇게 이야기 클럽이 탄생했다. 처음에는 다이애나와 앤이 전부였지만, 곧 제인 앤드루스와 루비 길리스가 가입했고, 상상력을 기르고 싶어 하는 아이들 한두 명이 더 들어왔다. 루비 길리스는 남자아이들도 들어오면 더 재미있을 거라고 했지만 남자아이들은 가입이 금지됐고, 모든 회원은 일주일에 이야기 한 편씩을 지어야 했다.

"얼마나 재밌는지 몰라요. 한 명 한 명 자기가 쓴 이야기를 큰 소리로 읽은 다음 다 같이 얘기를 나누거든요. 우린 그 이야기들을 소중하게 보관했다가 후손들에게 물려줄 거예요.

우린 다 필명을 지었어요. 제 필명은 로자먼드 몽모랑시예요. 전부 글을 꽤 잘 써요. 루비 길리스는 너무 감상적이지만요. 이야기에 사랑 장면을 너무 많이 넣는데, 지나친 건 부족한 것보다 못하잖아요. 제인은 그런 내용은 전혀 넣지 않아요. 큰 소리로 낭독할 때 너무 유치하게 들린대요. 그래서 제인의 이야기는 극도로 이성적이에요. 다이애나의 이야기엔 살인 장면이 너무 많이 나와요. 등장인물을 어떻게 해야 할지 모르겠으면 죽여서 없앤다지 뭐예요. 거의 언제나 제가 글쓰기 주제를 정해줘야 하지만, 제 머릿속엔 워낙 생각이 가득하니 어렵지 않아요."

앤이 마릴라에게 말했다.

"이야기를 짓는다는 건 여태까지 들은 일들 중에서도 가장 어리석은 짓이구나. 머릿속에 쓸데없는 생각만 꽉 들어차고 공부하는 데 쏟아야 할 시간만 낭비하게 될 게야. 이야기를 읽는 것도 탐탁지 않은데 이야기를 만드는 건 그보다 더 나쁘지."

마릴라가 비꼬았다.

"하지만 우린 모든 이야기에 교훈을 넣으려고 노력하고 있어요, 아주머니. 제가 그러자고 했어요. 착한 사람은 보상을 받고 나쁜 사람들은 그에 맞는 벌을 받고요. 그렇게 하면 틀림없이 좋은 영향을 받을 거예요. 교훈은 훌륭한 거잖아요. 앨런 목사님이 그러셨어요. 제가 쓴 이야기 한 편을 목사님과 사모님께 읽어 드렸더니, 두 분 모두 훌륭한 교훈이 담겨 있다고 하셨어요. 웃긴 부분이 아닌 데서 웃으시긴 했지만요. 전 사람들이 우는 게 더 좋아요. 제가 애절한 대목을 읽을 때면 제인하고 루비는 거의 늘 울어요. 다이애나가 조세핀 할머니께 우리 클럽에 대한 이야기를 편지로 썼더니 할머니가 우리가 쓴 이야기를 몇 편 보내달라고 답장을 하셨대요. 그래서 제일 잘 쓴 글 네 편을

베껴서 보내드렸어요. 평생 그렇게 재미있는 글은 처음 읽어보셨다고 편지하셨어요. 저희는 약간 어리둥절해요. 왜냐하면 보내드린 이야기 네 편이 모두 아주 슬픈 내용이고 등장인물이 거의 다 죽거든요. 그래도 조세핀 할머니가 재미있게 읽으셨다니 기뻐요. 우리 클럽이 세상에 조금은 좋은 일을 하고 있다는 거잖아요. 앨런 사모님은 그게 모든 일에서 우리의 목표가 되어야 한다고 말씀하세요. 전 그러려고 정말 노력하긴 하는데, 재미있는 걸 할 때는 자꾸 까먹어요. 제가 이다음에 크면 앨런 사모님을 조금이라도 닮았으면 좋겠어요. 그럴 가능성이 있을까요, 아주머니?"

"가능성이 아주 많다고는 할 수 없지. 앨런 부인이 어려서 너처럼 엉뚱하고 잘 잊어 먹는 아이는 아니었을 테니 말이다."

마릴라는 자기 나름의 격려를 해주었다.

"맞아요. 하지만 사모님도 지금처럼 항상

착했던 건 아니래요. 사모님이 제게 직접 그러셨어요. 어릴 땐 못된 장난도 치고 어딜 가나 말썽을 피우셨다고요. 그 얘기에 얼마나 힘이 났는지 몰라요. 다른 사람이 못된 장난꾸러기였다는 말을 듣고 힘이 나면 아주 나쁜 건가요, 아주머니? 린드 아주머니는 그렇다고 하셨어요. 린드 아주머니는 누군가가 나쁜 짓을 했다는 소리를 들으면, 그게 아무리 어릴 적 얘기라도 늘 충격을 받으신대요. 한 번은 어떤 목사님이 어릴 때 친척 아주머니네 벽장에서 딸기 타르트를 훔쳤다고 고백하는 걸 듣고 다시는 그 목사님에게 존경심이 안 생기더래요. 그런데 전 생각이 달라요. 그걸 고백하신 건 정말 고귀한 행동이에요. 못된 짓을 하고 다니던 남자아이들이 자기들도 커서 목사님이 될 수 있다는 사실에 얼마나 큰 용기를 얻겠어요. 제 생각은 그래요, 아주머니."

앤이 진지하게 말했다.

"지금 내 생각은 말이다, 앤, 설거지를 벌써 끝냈어야 한다는 거다. 수다를 떨어대느라 평소보다 30분이 더 걸렸구나. 일부터 먼저 하고 말은 나중에 하는 법을 좀 배우렴."

27

# 허영심과 마음의 고통

늦은 4월의 어느 저녁, 봉사회 모임을 다녀오던 마릴라는 겨울이 가고 가슴 설레는 봄이 찾아왔다는 것을 깨달았다. 봄은 늙고 슬픈 사람에게나 젊고 행복한 사람에게나 똑같이 가슴 떨리게 하며 즐거움을 주었다. 마릴라는 속으로 드는 생각이나 감정을 헤아려 살피는 성격이 아니었다. 그래서 봉사회, 선교 기금, 교회 제의실 바닥에 깔 새 양탄자 따위를 생각한다고 여겼지만, 이런 생각 밑에는 저무는 석양

아래 연보랏빛 안개가 휘감은 붉은 들판이 있었다. 개울 너머 방목지 위로 길게 드리운 뾰족한 전나무 그림자와 거울처럼 투명한 연못 주위로 가만히 빨간 잎눈을 틔우는 단풍나무가 있었으며, 세상이 기지개를 켜는 소리와 잿빛 잔디 밑에 숨어 고동치는 새로운 생명의 소리 등이 한데 넘실댔다. 땅에는 봄기운이 완연했고, 중년인 마릴라의 진중한 발걸음도 마음 깊은 곳에서 우러나는 기쁨으로 유난히 가볍고 날렵했다.

마릴라는 우거진 나무 사이로 보이는 초록 지붕 집을 다정한 눈길로 바라봤다. 햇빛이 유리창에 반사되어 언뜻언뜻 아름답게 반짝였다. 마릴라는 질척거리는 길 위를 조심스럽게 걸으며, 장작불이 타닥타닥 타고 식탁에는 차가 멋지게 준비된 집에 돌아가는 게 얼마나 만족스러운지 생각했다. 앤이 초록 지붕 집에 오기 전에는 봉사회 모임이 끝나고 돌아가는 저녁 시간이 별로 큰 위안이 되지 못했다.

그 때문이었다. 부엌에 들어갔을 때 불이 꺼져 있고 앤도 보이지 않자, 마릴라는 실망감과 짜증이 밀려왔다. 앤에게 잊지 말고 5시까지 차를 준비해 놓으라고 일렀건만, 마릴라는 입고 있던 두 번째로 좋은 옷을 서둘러서 벗고 밭을 갈러 나간 매슈가 돌아오기 전에 손수 저녁을 차려야 했다.

"앤이 돌아오면 이 일을 짚고 넘어가야겠어."

마릴라가 엄하게 말하며, 괜스레 힘이 더 들어간 손으로 조각칼을 잡고 불쏘시개를 깎았다. 매슈가 집에 돌아와 평소에 앉던 모퉁이 자리에서 진득이 차를 기다렸다.

"소설을 쓰네, 연극 연습을 하네, 아니면 다른 허튼짓을 하면서 다이애나랑 어디를 쏘다니고 있을 거예요. 지금이 몇 시인지, 자기 할 일이 뭔지 생각도 못하는 거죠. 당장 그만두게 해야겠어요. 앨런 부인은 앤처럼 귀엽고 영리한 아이는 본 적이 없다고 말하지만 알 게 뭐예요. 귀엽고 영리한지는 몰라도 머릿속에 허튼 생각이 가득해서, 다음에 또 무슨 짓을 벌일지 알 수가 없다니까요. 철 좀 드나 싶으면 금방 또 허튼 생각에 빠져들고. 맙소사! 오늘 봉사회에서 레이철이 이렇게 얘기해서 화가 났었는데 내가 똑같은 얘기를 하고 있네. 앨런 부인이 앤을 감쌀 땐 정말 고맙더군요. 앨런 부인이 아니었으면 다들 있는 자리에서 레이철과 한바탕했을 거예요. 앤이 부족한 게 많죠. 그건 나도 알고, 절대 아니라고도 안 해요. 하지만 앤을 키우는 건 레이철이 아니라 나라고요. 천사 가브리엘도 에이번리에 살면 레이철한테 약점을 안 잡히고는 못 배길걸요. 하지만 앤도 그래요. 내가 오후에는 집에 있으면서 이것저것 집안일 좀 하라고 했는데 이렇게 나가면 안 되죠. 단점이 많기는 해도 지금까지 말을 안 듣거나 못 미덥지는 않았는데, 오늘 이런 모습은 정말 속상해요."

"글쎄다. 난 잘 모르겠다."

매슈는 참을성이 많고 현명하기도 했지만 무엇보다 배가 고팠기 때문에, 마릴라가 마음껏 화를 분출하도록 가만히 있는 게 최선이라고 여겼다. 괜한 말다툼으로 시간만 끌지 않으면 마릴라는 무슨 일이든 훨씬 더 빨리 처리한다는 것을 경험으로 알고 있었다.

"너무 성급하게 판단하는 건지도 몰라, 마릴라. 그 애가 정말로 네 말을 듣지 않았다는 걸 확인할 때까지는 믿지 못할 아이라는 말은 하지 마라. 아마 이유가 있겠지. 앤은 설명을 아주 잘하니까."

"나가지 말라고 했는데 나갔잖아요. 날 만족시킬 만한 설명을 찾기 힘들 거예요. 물론 오라버니는 그 애 편이겠죠. 하지만 앤을 교육시키는 건 오라버니가 아니라 나라고요."

마릴라가 반박했다.

날이 어두워져서야 저녁 준비가 다 되었다. 하지만 통나무 다리나 '연인의 오솔길'을 헐레벌떡 뛰어와서 할 일에 소홀했다며 뉘우쳐야 할 앤은 여전히 나타날 기미가 보이지 않았다. 마릴라는 단단히 화난 모습으로 설거지를 하고 그릇을 치웠다. 그러고는 지하실에 들고 내려갈 촛불이 필요해서 앤의 탁자에 세워둔 초를 가지러 다락방으로 올라갔다. 촛불을 켜고 돌아서던 마릴라는 베개 사이에 얼굴을 묻은 채 침대에 누워 있는 앤을 발견했다.

마릴라는 깜짝 놀랐다.

"에구머니나. 자고 있었니, 앤?"

"아니요."

들릴락 말락 한 목소리였다.

"그럼 어디 아프니?"

마릴라가 걱정스럽게 물으며 침대로 다가갔다.

앤은 사람들의 눈을 영원히 피하고 싶은 사람처럼 베개 속으로 더 깊이 몸을 웅크렸다.

"아니에요. 아주머니, 제발 저를 보지 말고 나가 주세요. 전 절망의 수렁에 빠졌어요. 반에서 누가 1등을 하는지, 누가 글을 제일 잘 쓰는지, 주일학교 성가대에서 노래를 부를지 말지 이젠 상관없어요. 그런 사소한 일들은 전혀 중요하지 않아요. 전 이제 더 이상 아무 데도 가지 못할 테니까요. 제 인생은 끝났어요. 제발요, 아주머니, 절 쳐다보지 말고 나가 주세요."

"별소릴 다 듣겠구나. 앤 셜리, 도대체 왜 그러니? 뭘 어떻게 한 게냐? 얼른 일어나 앉아 말해 봐라. 얼른. 자, 왜 그러니?"

마릴라가 어리둥절해서 무슨 일인지 물었다.

앤이 어쩔 수 없이 바닥으로 내려오더니 속삭였다.

"제 머리를 보세요, 아주머니."

마릴라는 초를 들어 등 뒤로 늘어진 숱 많

은 머리를 유심히 살폈다. 확실히 아주 이상해 보였다.

"앤 셜리, 머리를 어떻게 한 거니? 저런, 초록색이잖아!"

세상에 존재하는 색깔 중에서 굳이 이름을 붙이자면 초록색이라고 할 수 있었다. 오묘하고 칙칙한 밤색이 도는 초록 머리에 여기저기 원래의 빨강 머리가 얼룩덜룩 남아 있어 한층 더 기괴한 느낌이었다. 마릴라는 눈앞의 앤이 하고 있는 머리처럼 기이한 모양은 평생 본 적이 없었다.

"네, 초록색이에요. 빨강 머리처럼 싫은 건 없을 줄 알았어요. 하지만 초록색 머리는 그보다 열 배는 더 끔찍해요. 아, 아주머니, 제가 얼마나 비참한지 모르실 거예요."

앤이 신음을 흘리듯 말했다.

"어쩌다 이 꼴이 됐는지 모르겠다만 이유라도 들어 보자. 여긴 너무 추우니까 당장 부엌으로 따라와. 내려와서 무슨 짓을 한 건지 말하거라. 내 언젠가 엉뚱한 일을 벌일 줄은 알고 있었다. 두 달 동안 말썽도 없이 잠잠해서 곧 무슨 일을 내겠구나 생각했지. 자, 그래, 머리에 무슨 짓을 한 게냐?"

"물을 들였어요."

"물을 들이다니! 염색을 했다는 거냐? 앤 셜리, 그게 나쁜 짓이란 걸 몰랐니?"

"조금 나쁘다는 건 알고 있었어요. 하지만 빨강 머리만 없앨 수 있다면 조금 나쁜 일은 괜찮다고 생각했어요. 전 대가를 치렀어요, 아주머니. 이게 아니래도 나쁜 행동을 보상하려고 다른 부분에서 특별히 더 착한 아이가 될 생각이었어요."

앤은 솔직히 털어놓았다.

"글쎄다. 만약 내가 머리를 염색한다면 그것보단 좀 더 괜찮은 색으로 했을 게다. 초록색으로 하진 않았을 거야."

마릴라가 비꼬며 말했다. 앤이 풀죽은 소리로 항변했다.

"저도 초록색으로 하려던 건 아니었어요, 아주머니. 이왕 나쁜 행동을 할 거면 나름 보람이 있었으면 했어요. 그 사람은 제 머리가 칠흑같이 까맣게 될 거라고 했단 말이에요. 분명히 그렇게 말했어요. 어떻게 제가 그 말을 믿지 않을 수 있겠어요, 아주머니? 누가 내 말을 의심하면 기분이 어떤지 잘 아는데 말이에요. 앨런 사모님도 증거도 없이 '저 사람 말은 진실이 아닐 거야' 하고 의심하면 절대 안 된다고 하셨어요. 지금은 증거가 있지만요. 초록색 머리가 증거니 누가 봐도 알 수 있죠. 하지만 그때는 증거가 없었으니까, 그 사람 말을 무조건 다 믿었단 말이에요."

"그 사람이 누구니? 누가 그랬다는 게냐?"

"오후에 여기 왔던 행상인요. 그 사람한테 얘기를 듣고 염색약을 샀거든요."

"앤 셜리, 이탈리아 사람은 절대 집에 들여선 안 된다고 몇 번을 말했니! 그런 사람이 집 근처에 얼씬거리게 두면 안 돼."

"아, 집에 들어오라고 하진 않았어요. 아주머니가 하신 말씀이 생각나서 문을 잘 닫고 제가 밖으로 나갔죠. 그러고는 계단에서 물건들을 구경했어요. 그리고 그 사람은 이탈리아인이 아니라 독일계 유대인이었어요. 커다란 상자에 정말 재미난 물건들이 가득했는데, 아내와 아이들을 독일에서 데려오려면 열심히 일해서 돈을 많이 벌어야 한대요. 그 사람이 너무 감정에 북받쳐 말하는 바람에 제가 감동을 받았거든요. 그렇게 중요한 목표가 있다니 도와주고 싶어서 뭔가를 사려고 한 거고요. 그런데 머리 염색약이 눈에 딱 들어온 거예요. 행상인은 그게 어떤 머리든 칠흑같이 까맣고 아름다운 머리로 물들이고, 색이 빠지지도 않는다고 장담했어요. 순간 칠흑같이 까만 아름다운 머리를 한 제 모습이 눈앞에 어른거려서 유혹을 뿌리칠 수가 없었어요. 약값도 70센트였는데 그 사람이 제가 50센트밖에 없는 걸 알고 그것만 받겠다고 했고요. 정말 친절한 사람이라고 생각했죠. 그 값이면 거저 주는 거나 마찬가지라고 했거든요. 그렇게 그 약을 샀고, 행상인이 가자마자 여기로 와서 설명서대로 낡은 머리빗으로 염색약을 발랐어요. 약 한 병을 다 썼는데, 아, 아주머니, 제 머리색이 끔찍하게 바뀐 걸 보고 나쁜 짓을 한 걸 후회했어요. 지금까지도 계속 잘못을 뉘우치고 있어요."

"그래, 제대로 뉘우치면 좋겠구나. 그리고 눈을 크게 뜨고 네 허영심이 어떤 결과를 가져왔는지 똑바로 보렴, 앤. 그런데 이걸 어쩌면 좋으냐. 우선 머리를 감고 색이 좀 빠지는지 보자꾸나."

마릴라가 엄하게 말했다.

앤이 아무리 비누칠을 해서 머리를 박박 감

아도, 원래 머리에서 빨간 물이 빠지지 않는 것처럼 초록 물도 빠지지 않았다. 다른 말은 다 거짓이었는지 몰라도 물이 빠지지 않는다는 행상인의 말은 사실이었다. 앤은 눈물을 흘렸다.

"아, 아주머니, 어쩌죠? 머리색을 돌아오게 할 수 없나 봐요. 제가 저지른 다른 실수들, 그러니까 케이크에 진통제를 넣은 일이나 다이애나를 취하게 했던 일, 린드 아주머니한테 대들었던 일은 쉽게 잊겠죠. 하지만 사람들도 이건 절대 잊지 못할 거예요. 제가 얌전치 못한 아이라고 생각할 거예요. 아, 아주머니, '첫 번째 거짓말을 할 때 우리가 치는 거미줄은 얼마나 복잡하게 얽히는가.'* 이건 시의 한 구절이지만, 맞는 말이에요. 아아, 조시 파이가 또 얼마나 비웃을까요! 아주머니, 전 조시 파이를

* 월터 스콧의 서사시 〈마미온〉의 한 구절

못 볼 것 같아요. 전 프린스에드워드 섬에서 가장 불행한 아이예요."

앤의 불행은 일주일 동안 계속됐다. 그동안 앤은 아무 데도 가지 않고 매일 머리를 감았다. 집 밖에서는 다이애나만 이 치명적인 비밀을 알았는데 아무에게도 말하지 않겠다고 엄숙히 약속했고, 그 약속을 잘 지켰다. 일주일이 지나자 마릴라는 결심을 굳혔다.

"안 되겠다, 앤. 이건 아주 강력한 염색약인가 보구나. 머리를 잘라야겠다. 달리 방법이 없겠어. 이런 꼴을 해가지고 밖을 나다닐 순 없잖니."

앤이 입술을 바르르 떨었지만 마릴라의 말이 맞다는 것을 뼈에 사무치게 느꼈다. 앤은 울적한 표정으로 한숨을 쉬며 가위를 가져왔다.

"한 번에 잘라 주세요, 아주머니. 얼른 끝내게요. 아, 마음이 찢어지는 거 같아요. 이건 정말 낭만적이지 않은 고통이에요. 책에 나오는 여자들은 열병을 앓거나 머리카락을 팔아서 좋은 일을 할 때만 머리를 자르거든요. 저도 그런 비슷한 이유로 자르는 거라면 아무렇지도 않을 텐데. 머리를 끔찍한 색으로 염색하는 바람에 자르다니, 위로 삼을 게 아무것도 없잖아요. 방해가 안 된다면 머리를 자르시는 동안 좀 울게요. 너무 비극적이잖아요."

앤은 머리를 자르는 내내 울었다. 그리고 다락방에 올라가 거울을 보니 절망감에 눈물조차 멈췄다. 마릴라는 앤의 머리를 최대한 바짝 쳐냈다. 아무리 좋게 말하려고 해도 도무지 어울리지 않았다. 앤은 거울을 얼른 벽 쪽으로 돌렸다.

"머리가 자랄 때까지 절대로, 절대 다시는 거울을 안 볼 거야."

앤이 힘주어 말했다. 그러다가 갑자기 거울을 원래대로 바로잡았다.

"아니야, 그래도 볼 거야. 그런 나쁜 짓을

저지른 걸 속죄할 거야. 방에 들어올 때마다 거울을 보고 내 모습이 얼마나 흉한지 확인할 거야. 다른 모습을 상상하려고 노력하지도 않을래. 다른 것도 아니고 머리카락에 허영심이 있다고는 한 번도 생각하지 않았는데, 이제 보니 있었던 거 같아. 빨간색이긴 해도 길고 숱이 많고 곱슬거렸잖아. 다음번엔 코도 어떻게 되는 건 아니겠지."

다음 주 월요일, 앤이 머리를 자른 모습으로 학교에 나타나자 학생들 사이에서 큰 화젯거리가 되었지만 다행히 아무도 머리를 자른 진짜 이유를 짐작하지 못했다. 조시 파이는 이유를 눈치채지 못했지만, 앤에게 꼭 허수아비처럼 보인다고 어김없이 한마디를 던지기는 했다.

그날 저녁 앤은 두통이 지나간 뒤 소파에 누워 있던 마릴라에게 털어놓았다.

"조시가 그런 소릴 했지만 전 아무 말도 안

했어요. 그런 소릴 듣는 것도 제가 받을 벌 가운데 하나라고 여겼고, 꾹 참고 견뎌야 한다고 생각했거든요. 허수아비 같다는 말을 듣기가 힘들어서 저도 뭐라고 대꾸해 주고 싶었지만 하지 않았어요. 그냥 무시하는 얼굴로 한 번 쳐다보았을 뿐, 그 애를 용서했어요. 누군가를 용서하면 제가 굉장히 좋은 사람이 된 것처럼 느껴져요. 이제부터는 착한 사람이 되도록 힘껏 노력할 거예요. 아름다워지겠다는 생각은 다시는 안 할래요. 당연히 착한 사람이 되는 게 더 좋죠. 저도 알지만, 가끔은 알면서도 믿기 힘들 때가 있어요. 저도 아주머니처럼, 그리고 앨런 사모님이나 스테이시 선생님처럼 정말로 좋은 사람이 되고 싶어요. 그래서 이다음에 아주머니에게 자랑스러운 사람이 되고 싶어요. 다이애나는 저더러 머리가 다시 자라면 까만 벨벳 끈을 둘러서 한쪽에 리본을 묶으래요. 그럼 잘 어울릴 것 같다면서요. 전 그걸 스누드*라고 부를래요. 아주 낭만적인 이름이잖아요. 제가 너무 떠들었나요, 아주머니? 두통에 안 좋을까요?"

"두통은 이제 많이 나았다. 오후에 몹시 아프긴 했지. 두통이 갈수록 심해지는구나. 의사를 한번 찾아가긴 해야겠어. 네 수다는 별로 신경 쓰이지 않아. 이제 익숙해진 게지."

앤의 수다를 듣는 게 즐겁다는 말을 마릴라는 이렇게 표현했다.

---

* 스코틀랜드의 미혼 여성들이 하던 리본 달린 머리띠

28

# 불쌍한 백합 아가씨

"당연히 네가 일레인*을 맡아야지, 앤. 난 저 아래로 떠내려갈 용기가 안 나."

다이애나가 말했다.

"나도 그래. 둘이나 셋이 같이 배에 타고 가는 건 괜찮아. 재미있을 거야. 하지만 혼자 누워서 죽은 척하는 건…… 난 못해. 무서워서

---

* 〈아서 왕 이야기〉 속 여인으로, 앨프리드 테니슨의 시 〈국왕 목가〉에도 등장한다.

정말 죽을 지도 몰라."

루비 길리스가 몸서리를 쳤다.

"물론 낭만적이겠지. 하지만 난 가만히 못 있을 거야. 어디까지 왔는지, 너무 멀리 떠내려온 건 아닌지 보느라고 계속 머리를 들 게 분명해. 그럼 느낌이 안 살잖아, 앤."

제인 앤드루스도 동의했다.

"하지만 빨강 머리 일레인은 너무 웃기잖아. 난 떠내려가는 것도 겁나지 않고 일레인이 정말 되고 싶어. 그래도 역시 내가 하는 건 우스워. 루비가 일레인이어야 해. 루비는 피부도 정말 하얗고 머리도 이렇게 길고 아름다운 금발이잖아. 일레인은 '눈부신 금발을 물결처럼 늘어뜨렸다'라고 되어 있거든. 그리고 일레인은 백합 아가씨야. 봐, 빨강 머리는 백합 아가씨가 될 수 없어."

앤이 한탄스레 말했다.

"네 얼굴색은 루비만큼 하얗잖아. 그리고

머리색도 자르기 전보다 훨씬 더 짙어졌어."

다이애나가 진지하게 말했다.

"와, 정말 그래 보여? 그런 거 같다는 생각이 가끔 들긴 했는데, 다른 사람들은 아니라고 할까 봐 물어볼 엄두가 안 났거든. 이제 적갈색이라고 해도 될 거 같니, 다이애나?"

앤이 붉어진 얼굴로 기쁜 마음을 고스란히 드러내며 소리쳤다.

"그래. 그리고 정말 예뻐 보여."

다이애나가 앙증맞은 검은색 벨벳 리본 머리띠를 한 앤의 짧고 부드러운 곱슬머리를 감탄스럽게 쳐다봤다.

아이들이 모여 있는 곳은 과수원집 아래 연못의 둑 위였다. 자작나무로 에워싸인 조그마한 땅이 둑에서 연못 쪽으로 튀어나와 있고, 그 끝에는 낚시꾼과 오리 사냥꾼이 이용할 수 있도록 작은 나무 발판이 물 위로 올라와 있었다. 루비와 제인이 다이애나와 함께 한여름 오후 시간을 보내고 있었고 앤도 같이 놀려고 온 참이었다.

그해 여름 앤과 다이애나는 연못 주변에서 대부분의 시간을 보냈다. '한적한 숲'은 지나간 추억이 되었다. 벨 씨가 봄에 집 뒤쪽 방목지에 동그랗게 둘러 자라던 나무들을 사정없이 벤 것이다. 앤은 그루터기 사이에 앉아 눈물을 흘리며 낭만적인 기억들을 떠올려 보기도 했다. 하지만 금방 눈물을 털고 일어섰다. 다이애나와 입을 모아 말했지만, 곧 열네 살이 되는 열세 살 다 큰 여자아이들에게 놀이집 같은 장난은 이제 유치했고 연못 주변에는 마음을 단숨에 잡아끄는 놀잇감이 훨씬 더 많았기 때문이다. 다리 위에서 송어를 잡는 것도 재미있었고, 배리 씨에게 오리 사냥을 나갈 때 타는 바닥이 평평한 작은 배를 타고 노 젓는 법도 배웠다.

일레인 이야기를 연극으로 옮겨 보자는 것

은 앤의 발상이었다. 지난해 아이들은 학교에서 테니슨의 시를 공부했다. 교육감이 프린스에드워드 섬에 있는 모든 학교의 영어 과정에 테니슨의 시를 포함시키도록 했기 때문이다. 학교에서는 작품을 조각조각 해체해서 분석하느라 전체적인 의미 같은 건 증발되었다. 하지만 적어도 금발의 백합 아가씨와 랜슬럿, 기네비어, 아서 왕은 아이들에게 생생한 실존 인물처럼 다가왔고 앤은 캐멀롯에서 태어나지 못한 것을 남몰래 아쉬워했다. 앤은 그때가 지금보다 훨씬 더 낭만적이었다고 말했다.

앤의 계획에 모두 열광했다. 여자아이들은 나루터에서 배를 밀면 물살을 타고 다리 밑을 지난 다음, 연못이 굽어지는 쪽으로 튀어나온 얕은 땅에 닿는다는 것을 알고 있었다. 배를 타고 그렇게 자주 내려가 봤기 때문에 일레인 연극에 안성맞춤이었다.

"그럼, 내가 일레인을 할게."

앤이 마지못해 한발 물러섰다. 주인공 역할을 맡는 건 기뻤지만, 자신의 예술적 감각으로 볼 때 일레인과 꼭 맞는 사람이 그 역을 해주기를 바랐다. 자신은 한계가 있어서 안 된다는 생각이 들었다.

"그럼 루비, 네가 꼭 아서 왕을 맡아야 해. 제인은 기네비어, 다이애나는 랜슬럿인 거야. 하지만 시작할 땐 일레인의 아버지와 오빠들 역할부터 해야 해. 말 못하는 늙은 하인 역은 빼야겠어. 배에 한 사람이 누우면 다른 사람이 탈 자리가 없거든. 금실이 들어간 검은 천으로 배 전체를 다 덮어야 해. 너희 엄마가 하시던 오래된 검정 숄이면 딱 맞을 거야, 다이애나."

다이애나가 검은 숄을 가져오자 앤은 활짝 펴서 배를 덮은 다음, 그 위에 누워 눈을 감고 두 손을 가슴 위로 모았다.

루비 길리스가 살랑대는 자작나무 그늘 아래 미동도 없는 작고 하얀 얼굴을 내려다보며 불안한 듯 작게 속삭였다.

“아, 정말 죽은 것처럼 보여. 무서워, 얘들아. 우리 이런 거 해도 될까? 린드 아주머니 말이 연극은 죄다 아주 나쁜 짓이랬는데.”

“루비, 린드 아주머니 얘기를 하면 안 돼. 지금은 린드 아주머니가 태어나기 몇백 년 전이란 말이야. 네가 그러면 분위기가 깨지잖아. 제인, 나머지는 네가 해 줘. 일레인은 죽었는데 말을 하면 웃기잖아.”

앤이 가차 없이 말했다.

제인이 나머지 일들을 잘 처리했다. 황금빛 덮개는 없었지만 노란색 일본 비단으로 만든 낡은 피아노 덮개가 훌륭히 그 자리를 대신했다. 하얀 백합을 구할 수 있는 철이 아니라서 기다란 파란 붓꽃 한 송이를 가지런히 모은 앤의 손 위에 올리자, 바라던 느낌이 고스란히 살아났다.

“자, 준비됐어. 우린 일레인의 평온한 이마

에 입을 맞춰야 해. 다이애나, 네가 '누이여, 영원히 안녕'이라고 하고, 루비는 '안녕, 사랑스런 누이여'라고 말하는 거야. 둘 다 되도록 아주 슬프게 해야 해. 앤, 제발 살짝 웃어. 일레인은 '미소를 짓듯 누워 있었다'라고 되어 있잖아. 그래, 좀 낫다. 자, 이제 배를 밀자."

제인이 말했다.

그렇게 배는 물밑에 박혀 있던 오래된 말뚝에 거칠게 부딪혀 긁히며 앞으로 밀려갔다.

다이애나와 제인과 루비는 한참을 기다려 배가 물살을 타고 다리 쪽으로 방향을 잡는 것을 확인한 다음, 힘껏 달려 숲을 지나고 길을 건너 연못 아래 길게 뻗어 나온 땅으로 향했다. 그곳에서 세 사람은 랜슬럿과 기네비어, 아서 왕이 되어 백합 아가씨를 맞을 준비를 해야 했다.

앤은 천천히 떠내려가던 몇 분 동안 이 낭만적인 상황을 한껏 즐겼다. 그러다가 낭만과

는 거리가 먼 상황이 벌어졌다. 배에 물이 차기 시작한 것이다. 불과 몇 분 만에 일레인은 허둥지둥 일어나 황금 덮개와 검은 관보를 들어 올리고 배 바닥에 큰 틈이 생겨 말 그대로 물이 쏟아져 들어오는 광경을 망연히 바라봐야 했다. 나루터에 있던 뾰족한 말뚝이 배 바닥에 큰 틈을 만든 거였다. 물론 앤은 거기까지는 알지 못했지만 자신이 위험에 처했다는 것은 금방 알아차렸다. 이대로라면 배는 연못 아래에 닿기 훨씬 전에 물이 차서 가라앉을 터였다. 노가 어디 있지? 나루터에 두고 왔잖아!

앤이 숨을 헐떡이며 비명을 질렀지만 그 소리는 어디에도 닿지 못했다. 앤은 입술까지 하얗게 질려서도 침착함을 잃지 않았다. 방법은 오직 하나뿐이었다.

다음 날 앤은 앨런 부인에게 이렇게 말했다.

"얼마나 무서웠는지 몰라요. 배가 다리까지 흘러가는데 물은 계속 차오르고, 그 시간이 몇 년은 되는 것 같았어요. 앨런 사모님, 전 정말 진심을 다해 기도했지만 기도하는 동안 눈은 감지 않았어요. 하느님이 저를 구해 주실 유일한 방법이, 배가 다리에 가까워졌을 때 기둥을 붙잡고 매달리는 것밖에 없다는 걸 알고 있었거든요. 다리 기둥은 오래된 나무줄기로 만들어서 마디랑 옹이 같은 게 많잖아요. 기도도 해야 했지만 앞도 잘 지켜봐야 했어요. '하느님 아버지, 제발 배가 기둥 쪽으로 가게 해 주세요. 그다음엔 제가 알아서 할게요'라고만 몇 번을 되뇌었어요. 그런 상황에서는 기도를 멋지고 화려하게 꾸밀 생각 같은 건 잘 안 나거든요. 그래도 하느님이 제 기도를 들어 주셨어요. 배가 기둥에 정면으로 부딪혀서 잠깐 서 있었던 덕분에, 스카프랑 숄을 얼른 어깨에 걸친 다음 천만다행으로 튀어나와 있던 커다란 옹이에 재빨리 올라갔어요. 그렇게 전 올라갈 데도, 내려갈 데도 없는 미끄러운 다리 기둥에 매달려 있었어요, 앨런 사모님. 정말 낭만적이지 않은 자세였지만 그땐 그런 생각도 안 들더라고요. 물에 빠져 죽을 뻔한 순간에 낭만을 생각할 겨를이 있겠어요. 전 얼른 감사의 기도를 올리고 나서 기둥을 꽉 붙잡는 데만 전념했어요. 다시 마른땅을 밟으려면 누군가 나타나서 도와줘야 한다는 걸 알고 있었으니까요."

배는 다리 밑을 지나 떠내려가다 눈 깜짝할 새에 물속으로 가라앉았다. 미리 연못 아래쪽으로 가서 기다리던 루비와 제인, 다이애나는 눈앞에서 배가 사라지는 광경을 보고 앤이 배와 함께 물속으로 가라앉은 줄 알았다. 한동안 세 아이는 눈앞의 비극을 보고 공포로 얼어붙어 종잇장처럼 하얗게 질린 채 미동도 없이 서 있었다. 그러다 다음 순간 목청껏 비명을 지르며 미친 듯이 뛰어 숲을 지났고, 다리 쪽은 눈길도 주지 않은 채 큰길을 한 번도 멈추지 않고 내달렸다. 나무옹이를 위태롭게 딛고 죽을

힘을 다해 기둥에 매달린 앤은 친구들이 황급히 달리는 모습을 보았고 비명을 지르는 소리를 들었다. 곧 도와줄 사람이 올 터였지만 자세가 너무도 불편했다.

몇 분이 지났다. 불쌍한 백합 아가씨에게는 일 분이 한 시간 같았다. 왜 아무도 안 오지? 아이들은 어디로 간 걸까? 전부 기절했나 봐! 아무도 오지 않을 건가 봐! 점점 힘이 빠지고 쥐가 나서 더는 매달려 있지 못할 것 같아! 앤은 매끈하니 긴 그림자가 너울대는 초록빛 심연을 내려다보며 몸을 떨었다. 온갖 섬뜩한 결말들이 머릿속에 펼쳐졌다.

팔과 손목이 아파 더는 버티지 못하겠다고 생각하던 그때, 길버트 블라이드가 하먼 앤드루스 씨네 배를 타고 다리 밑으로 노를 저어왔다!

길버트는 흘깃 위를 올려다보고 깜짝 놀랐다. 무시하는 듯한 표정의 작고 하얀 얼굴이 겁에 질린, 하지만 여전히 도도한 커다란 잿빛 눈으로 자신을 내려다보고 있었다.

"앤 셜리! 도대체 거기서 뭐하는 거야?"

길버트가 소리쳤다. 그리고 앤의 대답을 기다리지 않고 기둥 쪽으로 배를 몰아 손을 내밀었다. 다른 방법이 없었다. 앤은 길버트 블라이드의 손을 잡고 재빨리 배 위로 내려와서는 물이 뚝뚝 떨어지는 숄과 젖은 스카프를 안고 배 뒤쪽으로 가서 앉았다. 앤은 흙탕물에 흠뻑 젖은 채 잔뜩 화난 얼굴이었다. 이런 상황에서 점잔을 부리기는 대단히 어려웠다.

"어떻게 된 거야, 앤?"

길버트가 다시 노를 저으며 물었다.

"일레인 연극을 하고 있었어. 난 배에 실려서 캐멀롯까지 떠내려가던 중이었고. 그런데 배에 물이 새는 바람에 기둥에 매달려 있었던 거야. 애들이 도와줄 사람을 찾으러 갔어. 미안하지만 나루터까지 좀 데려다 줄래?"

앤이 자신을 구해 준 길버트에게 눈길 한번

주지 않고 냉담하게 말했다. 길버트는 친절하게도 나루터까지 데려다 줬고, 앤은 길버트가 내민 손을 무시하며 재빨리 물가로 뛰어내렸다.

"정말 고마워."

앤이 도도하게 몸을 돌렸다. 하지만 길버트도 날렵하게 배에서 뛰어나와 앤의 팔을 잡았다.

"앤, 나 좀 봐. 우리 좋은 친구로 지내면 안 될까? 예전에 네 머리를 가지고 놀린 건 정말 미안해. 널 화나게 하려던 건 아니야. 그냥 장난이었어. 그리고 이제 오래전 일이잖아. 지금은 네 머리가 아주 예쁘다고 생각해. 정말이야. 우리 친구로 지내자."

길버트가 급하게 말을 꺼냈다.

잠깐 동안 앤은 망설였다. 상처 입은 자존심 이면에서 수줍은 듯 간절한 길버트의 적갈색 눈이 참 보기 좋다는 이상하고 새로운 자각이 눈을 떴다. 앤의 심장이 이상하게 조금씩 두근거렸다. 그러나 오래전 느꼈던 분노가 씁

쓸하게 되살아나면서 앤은 흔들리던 결심을 얼른 다잡았다. 2년 전의 그 장면이 마치 어제 일처럼 생생하게 떠올랐다. 길버트는 앤을 '홍당무'라고 불렀고 전교생 앞에서 망신을 주었다. 다른 사람이나 나이 든 사람들이라면 웃어 넘겼을지도 모르지만, 앤의 분노는 시간이 흘러도 적어도 겉으로는 조금도 가라앉거나 누그러들 줄 몰랐다. 앤은 길버트 블라이드가 미웠다! 절대로 용서할 수 없었다!

앤은 차갑게 말했다.

"싫어. 너랑은 친구로 지내지 않을 거야, 길

버트 블라이드. 그러고 싶지 않아!"

"좋아! 나도 다시는 친구 하자고 부탁하지 않을게, 앤 셜리. 나도 이제 필요 없어!"

길버트는 화가 나서 벌겋게 달아오른 얼굴로 배에 뛰어오르더니, 거칠게 노를 저어 금세 멀어졌다.

앤은 단풍나무 아래로 고사리가 핀 좁고 가파른 길을 올라갔다. 머리를 꼿꼿이 들었지만 이상한 후회가 밀려왔다. '길버트에게 그렇게 말하지 말걸' 하는 생각마저 들었다. 물론 길버트는 앤에게 잊지 못할 수치를 안겼다. 하지만 그래도! 앤은 차라리 주저앉아 실컷 울고 싶은 심정이었다. 겁에 질려 쥐가 나도록 매달려 있던 탓에 기운이 하나도 없었다.

길을 반쯤 올라갔을 때, 다시 연못 쪽으로 미친 듯이 달려오던 제인과 다이애나를 만났다. 아이들이 과수원집으로 달려갔지만 다이애나 부모님은 밖에 나가고 집에 아무도 없었다. 루비 길리스는 예민해질 대로 예민해져 있어서 혼자 진정하도록 두고, 제인과 다이애나가 '유령의 숲'을 지나 개울 건너 초록 지붕 집으로 뛰어갔다. 하지만 마릴라는 카모디로 나가고 매슈는 뒷마당에서 건초를 말리고 있었던 탓에 아무도 만나지 못했다.

"아, 앤!"

다이애나가 숨을 헐떡이며 앤의 목을 꽉 끌어안고 안도와 기쁨에 눈물을 흘렸다.

"아, 앤, 우린…… 우린 네가…… 물에 빠져 죽은 줄 알았어……. 우리가 널 죽인 거 같아서…… 우리가 너한테…… 너한테 일레인을 시켰잖아. 루비는 제정신이 아니야. 아, 앤, 어떻게 빠져나왔어?"

"다리 기둥에 매달려 있었어. 길버트 블라이드가 하먼 앤드루스 씨네 배를 타고 가다가 나를 보고 뭍에 데려다줬어."

앤이 기진맥진해진 상태로 말했다.

"와, 앤, 길버트는 정말 멋있어! 아, 너무 낭만적이야! 그럼 오늘 이후로 길버트와 말을 하겠네."

제인이 겨우 숨을 돌리고 끼어들었다.

순간적으로 앤이 예전의 감정이 되살아난 듯 발끈했다.

"아니, 안 할 거야. 그리고 그 '낭만'이란 말은 다신 하지 말아 줘, 제인 앤드루스. 너희를 놀라게 해서 정말 미안해, 얘들아. 다 내 잘못이야. 난 불운한 별자리를 타고 태어났나 봐. 하는 일마다 나뿐 아니라 친구들까지 말썽에 휘말리게 하잖아. 다이애나, 너희 아버지 배가 가라앉아 버렸어. 이제 다시는 연못에서 배를 못 타게 하실 것 같은 예감이 들어."

앤의 예감은 어느 때보다 정확하게 들어맞았다. 이날 오후의 사건을 알게 된 배리 씨네 집과 커스버트 씨네 집 사람들은 소스라치게 놀랐다.

"언제 철이 들기는 하는 거니, 앤?"

마릴라가 목소리를 낮게 깔고 말했다.

"아, 그럼요. 그럴 거예요, 아주머니. 이번엔 정신 차릴 가능성이 어느 때보다 더 큰 것 같아요."

앤이 낙천적으로 대답했다. 아무도 없는 다락방에서 실컷 울고 난 뒤 마음이 진정된 앤은 평소처럼 밝은 기운을 되찾았다.

"어째서 말이냐?"

"음, 오늘 소중한 교훈을 새로 배웠어요. 초록 지붕 집에 온 뒤로 실수를 많이 저질렀지만, 실수 하나하나가 큰 단점을 고치는 데 도움이 됐거든요. 자수정 브로치 사건 때는 남의 물건을 기웃거리는 버릇을 고쳤고요. '유령의 숲' 때는 상상력이 지나치면 안 된다는 걸 배웠어요. 진통제 케이크로 요리할 때 부주의했던 습관을 고칠 수 있었고, 머리를 염색한 뒤로는 제 허영심을 돌아보게 되었잖아요. 전 이제 머리나 코에 대해 생각하지 않아요. 하긴 해도 거의 안 하는 편이죠. 오늘 실수 덕분에 이제는 너무 낭만만 좇는 버릇을 고치게 됐어요. 에이번리에서 낭만을 찾는 건 아무 소용없다는 결론을 내렸거든요. 수백 년 전 캐멀롯의 성안에서라면 쉬웠을지 몰라도, 요즘 세상에 낭만은 어울리지 않아요. 이런 점에서 곧 제가 크게 달라진 모습을 보시게 될 거예요, 아주머니."

"제발 그랬으면 좋겠구나."

마릴라가 반신반의했다.

그러나 구석 자리에 말없이 앉아 있던 매슈는 마릴라가 자리를 뜬 뒤 앤의 어깨에 손을 얹으며 수줍은 듯 나지막이 속삭였다.

"너의 낭만을 다 버리진 마라, 앤. 낭만이 조금 있는 건 좋은 거란다. 물론 너무 많으면 곤란하지. 하지만 조금은 남겨두렴. 조금은 말이다."

29

# 앤의 삶에 획기적인 사건이 일어나다

앤은 집 뒤쪽 방목장에서 '연인의 오솔길'을 따라 소를 몰고 집으로 돌아오고 있었다. 9월 저녁, 진홍빛 석양이 숲속 틈새와 공터마다 가득 들어찼다. 오솔길에도 여기저기 빛줄기가 내려앉았지만 대부분은 단풍나무 그림자에 덮여 어둑했고, 전나무 아래는 투명한 포도주 같은 맑은 자줏빛 황혼으로 물들었다. 전나무 꼭대기를 스친 바람이 불어 내렸다. 전나무가 만들어내는 저녁 바람 소리는 이 세상 어떤 음악 소리보다 더 아름다웠다.

소들은 길을 따라 얌전히 걸었고, 앤은 꿈꾸듯 그 뒤를 따라가며 〈마미온〉*에서 전투 장면을 묘사한 대목을 거듭 소리 내어 읊었다. 스테이시 선생님은 지난겨울 영어 시간에 이 시를 아이들에게 외우게 했다. 앤은 병사들이 열을 지어 돌격하고 창과 창이 격돌하는 장면을 머릿속에 그리며 승리라도 한 듯 환희에 휩싸였다.

불굴의 창병들은 패배를 모르네
무너지지 않을 그들의 검은 숲이여

이 대목에서 앤은 황홀경에 빠져 걸음을 멈추고 눈을 감은 채 서사 속 영웅이 된 자신의 모습을 좀 더 생생하게 만끽했다. 다시 눈을

---

* 월터 스콧의 서사시

떴을 때 다이애나가 배리 씨네 밭으로 통하는 문에서 나오고 있었다. 중요한 일이 있는 듯한 표정을 보고 앤은 뭔가 새로운 소식이 있다는 것을 금방 알아차렸다. 하지만 호기심이 앞서는 마음을 내색하지는 않았다.

"오늘 저녁은 꼭 보랏빛 꿈같지 않니, 다이애나? 살아 있다는 게 정말 기쁘다는 생각이 들어. 아침에는 늘 아침이 가장 아름답다고 생각하는데, 저녁이 되면 또 저녁이 더 아름다운 것 같단 말이야."

"정말 멋진 저녁이야. 그보다 정말 굉장한 소식이 있어, 앤. 알아맞혀 봐. 기회는 세 번 줄게."

"샬럿 길리스가 결국 교회에서 결혼식을 올리기로 했구나. 앨런 사모님은 우리가 장식을 맡길 바라시고."

앤이 외쳤다.

"아니야. 샬럿의 남자친구가 싫다고 할걸. 여태껏 교회에서 결혼식을 올린 사람도 없었고, 샬럿의 남자친구는 꼭 장례식 같다고 생각하나 봐. 그건 너무 평범해. 훨씬 더 신나는 일이라니까. 다시 맞혀 봐."

"제인의 어머니가 제인에게 생일 파티를 열어주신대?"

다이애나가 고개를 저었다. 까만 눈동자에 웃음기가 일렁였다.

"도저히 모르겠어. 어젯밤 기도회가 끝나고 무디 스퍼전 맥퍼슨이 널 집까지 바래다주기라도 한 거야?"

앤이 자신 없이 말했다. 앤의 말에 다이애나가 펄쩍 뛰었다.

"아니야. 설령 그 기분 나쁜 애가 그랬다 쳐도 그게 무슨 자랑거리야! 네가 못 맞힐 줄 알았어. 엄마가 오늘 조세핀 할머니께 편지를 한 통 받았는데, 우리 둘 보고 다음 주 화요일에 샬럿타운에 와서 같이 박물관 구경 가자고 하셨대. 어때?"

"아, 다이애나. 그게 정말이야? 하지만 아주머니가 허락하지 않으실 거야. 그렇게 나다니는 건 나쁘다고 말씀하실걸. 지난주에 제인이 화이트샌즈 호텔에서 미국인들이 연 발표회에 2인용 마차를 타고 같이 가자고 했을 때도 그렇게 말씀하셨거든. 난 가고 싶었지만 아주머니는 나나 제인이나 집에서 공부하는 게 낫다고 하셨어. 얼마나 실망했는지 몰라, 다이애나. 너무 속상해서 자기 전에 기도도 하지 않았다니까. 나중에 뉘우치고 한밤중에 일어나서 기도를 드리긴 했지만 말이야."

앤이 단풍나무에 몸을 기대며 속삭였다.

"있잖아, 앤. 마릴라 아주머니한테는 엄마가 부탁드리면 보내 주실지도 몰라. 그럼 우린 즐거운 시간을 보낼 수 있어. 난 박물관에 한 번도 안 가봤어. 다른 여자애들이 박물관에 다녀온 얘기를 하면 얼마나 부러웠다고. 제인하고 루비는 두 번이나 갔다 왔는데 올해 또 갈 거래."

앤이 결연한 표정으로 다이애나의 말을 받았다.

"갈 수 있을지 없을지 확실히 정해지기 전까진 그 생각은 하지 않을래. 생각만 하다 실망하면 너무 괴로우니까. 하지만 갈 수 있게 된다면 내 새 코트가 그때쯤 완성될 테니까 정말 기쁠 텐데. 마릴라 아주머니는 내게 새 코트가 필요 없다고 생각하셔. 아주머니는 코트 한 벌이면 다음 겨울까지 충분하다고, 새 원피스가 생긴 것만으로 만족하라고 하셨어. 원피스는 정말 예뻐, 다이애나. 감청색에 유행을 그대로 따라 만들었거든. 이젠 아주머니도 늘 유행대로 옷을 만들어주셔. 매슈 아저씨가 린드 아주머니에게 또 옷을 부탁하러 가게 할 순 없다고 하시면서 말이야. 정말 기뻐. 유행에 뒤처지지 않는 옷이 있으면 착해지기가 훨씬 더 쉽거든. 적어도 난 그래. 원래 착하게 태어난 사람들도 나랑 크게 다르지 않을걸. 하지만 매슈 아저씨가 내게 새 코트가 꼭 있어야 한다고 하셔서, 마릴라 아주머니가 예쁜 파란색 천을 사 오셨어. 그래서 지금 카모디에 있는 진짜 양장점에서 코트를 만들고 있지 뭐야. 토요일 밤에 완성될 거야. 일요일에 새 옷을 입고 새 모자를 쓰고 교회 신도석 사이를 걸어 들어가는 내 모습을 상상하지 않으려고 애쓰고 있어. 그런 상상은 아무래도 옳지 않은 거 같아서 말이야. 하지만 생각을 안 하려고 해도 자꾸 상상이 된다니까. 모자도 아주 예뻐. 모자는 카모디에 간 날 매슈 아저씨가 사주셨거든. 요즘 한창 유행하는 작고 파란 벨벳 모자인데, 금색 끈과 술이 달려 있어. 다이애나, 네가 쓴 새 모자도 우아해 보여. 너랑 잘 어울리고. 지난 주일에 네가 교회로 들어오는 모습을 보는데, 네가 내 가장 친한 친구라고 생각하니 자랑스러워서 심장이 두근거렸다니까. 우리가 옷에 대해 생각을 많이 하는 게 잘못일까? 마릴라 아주머니는 큰 죄래. 하지만 정말 재밌는 얘깃거리잖아?"

마릴라는 앤이 샬럿타운에 가도록 허락했고, 배리 씨가 화요일에 데려다주기로 했다. 샬럿타운까지는 50킬로미터 정도였는데, 배리 씨는 그날 바로 돌아와야 했기에 아침 일찍 서둘러 출발해야 했다. 앤은 그것마저도 즐거웠고, 화요일 아침에 해가 뜨기 전부터 일어나 있었다. 창밖을 힐끔 보니 '유령의 숲' 전나무 뒤로 동쪽 하늘이 구름 한 점 없이 은빛으로 빛나고 있었다. 날이 화창할 게 분명했다. 과수원집 서쪽 다락방의 환한 불빛이 나무들 틈새로 비추었다. 다이애나도 일어났다는 뜻이었다.

앤은 매슈가 불을 지필 즈음 옷을 다 입었고, 마릴라가 내려왔을 때는 이미 아침 준비를 끝내 놓았다. 그러나 너무 들뜬 나머지 아침을 거의 먹지 못했다. 식사가 끝나자, 새 모자를 쓰고 새 코트를 입은 앤은 서둘러 개울을 건너고 전나무 숲을 지나 과수원집으로 갔다. 배리 씨와 다이애나가 앤을 기다리고 있었고, 셋은 곧 출발했다.

먼 길이었지만 앤과 다이애나는 모든 순간이 즐거웠다. 추수가 끝난 들판 위로 발그레한 햇살이 꼬물거렸고, 그런 이른 아침에 촉촉하게 젖은 길을 달그락거리며 달리는 게 마냥 신났다. 공기는 선선하고 상쾌했다. 열푸른 안개는 골짜기를 휘감아 언덕 위를 떠돌았다. 마차는 주홍빛 옷을 입기 시작한 단풍나무 숲을 지났고, 어릴 때 짜릿한 공포에 몸이 오그라들었던 다리들을 지나 강도 건넜다. 항구가 길게 늘어선 해안도 돌고, 비바람을 맞아 색이 바랜 어부들의 오두막들이 옹기종기 모인 곳도 지나갔다. 마차가 다시 언덕 위로 오르자 저 멀리 구불구불한 길이 완만히 올라가는 고원과 안개 낀 푸른 하늘이 보였다. 어디를 지나든 신나는 이야기는 멈추지 않았다. 정오가 다 되어 샬럿타운에 도착한 마차는 '너도밤나무집'

으로 방향을 잡았다. 큰길에서 뒤로 물러난 곳에 있는 '너도밤나무집'은 초록색 느릅나무와 가지를 길게 뻗은 너도밤나무에 호젓하게 둘러싸인 오래된 멋진 저택이었다. 조세핀 할머니가 매서운 까만 눈을 반짝이며 문 앞에 나와 세 사람을 맞았다.

"그래, 마침내 와 주었구나, 앤. 고맙다, 얘들아. 많이도 컸구나! 나보다 더 크겠어. 전보다 훨씬 더 예뻐지고 말이다. 내가 말 안 해도 아마 잘 알고 있겠지만."

"아뇨, 정말 몰랐어요. 주근깨가 조금 줄어든 건 알아요. 그것만으로도 무척 고마워하고 있지만, 다른 게 더 좋아지리라곤 기대조차 안 했는걸요. 그렇게 생각해 주시니 기뻐요, 배리 할머니."

앤이 환하게 웃었다.

배리 할머니의 집은 나중에 앤이 마릴라에게 전한 표현에 따르면 '굉장히 웅장'했다. 배리 할머니가 점심 준비가 어떻게 되었는지 확인하러 나간 사이 화려한 응접실에 남겨진 두 시골 아이는 몸 둘 바를 몰라 했다.

"궁전 같지 않니? 조세핀 할머니 댁에 처음 왔는데, 이렇게 으리으리한 줄 몰랐어. 줄리아 벨이 이걸 봐야 하는데. 자기네 집 응접실을 엄청 자랑하잖아."

다이애나가 작게 속삭였다.

"벨벳 양탄자야. 커튼은 실크고! 내가 꿈꾸던 것들이야, 다이애나. 그런데 아무래도 이런 것들 사이에 있으니까 별로 편하지가 않아. 여긴 없는 게 없고 전부 다 굉장히 멋져서 상상할 거리가 하나도 없어. 가난한 사람들이 한 가지 위안 삼을 수 있는 게 그거거든. 상상할 거리가 훨씬 더 많다는 거."

앤이 음미하듯 한숨을 쉬며 말했다.

샬럿타운에서 보낸 며칠을 앤과 다이애나는 몇 년 동안이나 추억으로 떠올렸다. 처음부터 끝까지 즐거운 일들뿐이었다.

수요일에 조세핀 할머니는 앤과 다이애나를 박람회장에 데려가 하루 종일 구경시켜 주었다.

집으로 돌아온 앤은 마릴라에게 이렇게 말했다.

"정말 근사했어요. 그렇게 재밌는 건 상상도 못 했어요. 어떤 게 제일 재밌었는지 가리기 힘들 정도예요. 말이랑 꽃이랑 자수가 제일 좋았던 거 같아요. 조시 파이가 레이스 뜨기에서 1등상을 받았어요. 그 애가 상을 받아서 전 정말 기뻤어요. 제가 기뻐했다는 게 또 기뻤고요. 제가 조시의 성공을 기뻐한다는 건 더 나은 사람이 되었다는 뜻이니까요, 그렇죠, 아주머니? 하면 앤드루스 아저씨가 그라벤슈타인 종 사과 부문에서 2등을 했고, 벨 장로님이 돼지로 1등을 차지했어요. 다이애나는 주일학교 교장선생님이 돼지로 상을 받는 게 웃기다고 했지만, 전 왜 웃긴지 모르겠어요. 아주머니도 우스우세요? 다이애나는 앞으로 장로님이 진지하게 기도를 드릴 때마다 그 생각이 날 거래요. 클라라 루이스 맥퍼슨은 그림 부문에서 상을 받았고, 린드 아주머니는 수제 버터와 치즈 부문에서 1등을 했어요. 에이번리 사람들이 상을 많이 받았죠? 린드 아주머니도 그날 거기 오셨는데, 온통 모르는 사람들뿐인데 잘 아는 아주머니의 얼굴을 보니까 제가 아주머니를 얼마나 좋아하는지 알겠더라고요. 사람들이 수천 명은 됐나 봐요, 아주머니. 그러니까 제가 너무 하찮은 존재 같더라고요. 그러고 나서 배리 할머니가 저희를 데리고 경마를 관람하러 가셨어요. 린드 아주머니는 가지 않으셨고요. 경마는 혐오스럽다고, 경마를 멀리해서 좋은 본보기를 보이는 게 신도로서 본분을 다하는 거라고 하시면서요. 하지만 사람이 워낙 많아서 린드 아주머니가 안 계시다고 티가 나거나 하진 않더라고요. 그래도 경마를 너무 자주

보진 말아야겠다고 생각했어요. 너무 흥미진진해서 푹 빠질 것 같거든요. 다이애나는 너무 들떠서 빨간 말이 이긴다는 데 10센트를 걸겠다고 하지 뭐예요. 그 말이 이길 거 같지 않았지만, 전 내기는 하지 않겠다고 했어요. 박람회 이야기를 앨런 사모님께 전부 할 생각이었는데, 내기를 하면 그 얘기는 못 할 것 같았거든요. 목사님 부인에게 말하지 못할 일이면 분명 잘못이잖아요. 목사님 부인과 친구가 되는 건 양심이 하나 더 생기는 거나 똑같아요. 게다가 내기를 하지 않아서 정말 다행이었던 게, 빨간 말이 이기는 바람에 제가 자칫 10센트를 잃을 뻔했다니까요. 그래서 착한 일은 그 자체가 보상이라고 하나 봐요. 열기구를 탄 사람도 봤어요. 열기구를 타고 하늘을 날면 얼마나 좋을까요, 아주머니. 정말 신나겠죠? 점치는 사람도 봤어요. 10센트를 내면 작은 새가 그 사람의 운이 적힌 종이를 물어다 줘요. 배리 할머니가 저하고 다이애나에게 10센트씩 주시면서 운이 어떤지 보라고 하셨어요. 저는 피부가 검고 엄청나게 부자인 남자랑 결혼한대요. 또 물을 건너가 살게 될 거고요. 그때부터 피부가 검은 남자들을 자세히 살폈는데 마음에 드는 사람이 한 명도 없었어요. 그리고 어쨌든 벌써 그런 사람을 찾기는 너무 이르잖아요. 아, 정말 절대 잊을 수 없는 하루였어요, 아주머니. 너무 피곤해서 밤에 잠도 못 잘 정도였어요. 배리 할머니는 약속대로 우리에게 손님방을 주셨어요. 방은 정말 우아했지만, 손님방에서 자 보니 어쩐지 제가 늘 생각했던 것과 달랐어요, 아주머니. 어른이 되어 간다는 건 그런 나쁜 점이 있는 거 같아요. 이제는 조금씩 알 거 같아요. 어릴 땐 그렇게 간절히 바랐던 소원들도 막상 이루어지면 상상했던 절반만큼도 멋지거나 신나지 않는 거 같아요."

목요일에 아이들은 마차를 타고 공원까지

산책을 나갔고, 저녁에는 배리 할머니를 따라 유명한 오페라 여가수가 노래하는 음악회에 갔다. 앤에게는 기쁨이 반짝반짝 눈앞에 펼쳐지는 저녁이었다.

"아, 아주머니, 말로 설명할 수가 없어요. 어찌나 설레던지 말도 나오지 않았으니까요. 어느 정도였는지 짐작이 가시죠? 전 넋을 잃고 말없이 앉아만 있었어요. 셀리츠키 부인은 더없이 아름다웠고, 하얀 새틴 드레스에 다이아몬드 장식까지 달고 나왔죠. 하지만 노래가 시작되자 다른 건 아무것도 생각나지 않더라고요. 아, 그때 기분을 뭐라 표현할 수가 없어요. 하지만 착해지는 게 이제 힘들지 않을 것 같다는 생각은 들었어요. 별을 올려다볼 때와 비슷한 기분이었어요. 눈에 눈물이 고였는데, 아, 그건 너무 행복해서 나는 눈물이었어요. 공연이 모두 끝났을 땐 얼마나 아쉬웠는지 몰라요. 그래서 어떻게 다시 평범한 생활로 돌아갈 수 있을지 모르겠다고 말씀드렸더니, 할머니는 길 건너 식당에 가서 아이스크림을 먹으면 좀 나아질 거라고 하셨어요. 대답이 좀 시시하다고 생각했는데, 놀랍게도 할머니 말씀이 맞았어요. 아이스크림도 맛있었고요, 아주머니. 밤 11시에 거기에 앉아 아이스크림을 먹으니 정말 근사했고 자유를 만끽하는 기분이었어요. 다이애나는 도시 생활이 자기한테 딱 맞대요. 배리 할머니가 저는 어떠냐고 물어보셨는데, 전 진지하게 생각을 해 봐야 말씀드릴 수 있을 거 같다고 대답했어요. 그래서 잠자려고 침대에 누워서 생각을 해 봤죠. 뭔가를 생각하기에 딱 좋은 때잖아요. 그러고는 결론을 내렸어요, 아주머니. 도시 생활은 제게 맞지 않고, 그래서 기쁘다는 거였어요. 가끔 밤 11시에 멋진 식당에서 아이스크림을 먹는 건 좋지만, 매일매일을 생각하면 밤 11시에 동쪽 다락방에서 푹 자는 편이 더 좋아요. 여기서는 자는 동안에도 지붕 위에 별이 반짝이고 바람은 개울을 건너 전나무 숲으로 불어온다는 걸 알잖아요. 다음 날 아침 식사 자리에서 그렇게 말씀을 드리니 배리 할머니가 웃으셨어요. 배리 할머니는 제가 무슨 말만 하면 잘 웃으세요. 제가 아주 진지한 얘기를 해도요. 그건 별로 좋지 않은 것 같아요, 아주머니. 제가 웃기려고 무슨 말을 한 게 아니니까요. 그래도 할머니는 정말 친절하신 분이고 우리를 아주 훌륭하게 대접해 주셨어요."

금요일이 되자 배리 씨가 아이들을 데리러 왔다. 조세핀 배리 할머니가 작별 인사를 했다.

"즐겁게들 지냈는지 모르겠구나."

"정말 재밌었어요."

"넌 어땠니, 앤?"

"한 순간 한 순간이 모두 즐거웠어요."

앤이 생각할 겨를도 없이 노부인의 목을 끌어안고 주름진 뺨에 입을 맞추었다. 다이애나는 엄두도 내지 못할 일이었기에 앤의 거리낌 없는 행동에 소스라치게 놀랐다. 하지만 조세핀 배리 할머니는 기뻐했고, 베란다에 서서 마차가 사라질 때까지 지켜봤다. 그러고는 한숨을 쉬며 커다란 집으로 들어갔다. 생기 넘치는 아이들이 들었다 난 자리는 무척 쓸쓸했다. 있는 그대로 말하자면 조세핀 배리 할머니는 자기 말고 다른 사람은 절대 신경 쓰지 않는 다소 이기적인 노인이었다. 자신에게 도움을 주는지, 즐거움을 주는지로만 사람의 가치를 따졌다. 앤도 즐거움을 주었기 때문에 노부인의 호의를 듬뿍 받을 수 있었다. 하지만 이제는 앤의 재미있는 말솜씨보다 생기발랄한 열정과 솔직한 감정, 애교 어린 태도와 다정한 눈과 입술에 더 마음이 끌렸다.

조세핀 배리 할머니는 혼자 중얼거렸다.

"마릴라 커스버트가 고아원에서 여자아이를 입양했다기에 멍청한 노인네라고 생각했는데. 이제 보니 실수를 저지른 건 아니네. 앤 같

은 아이와 한집에서 산다면 나도 더 행복하고 더 괜찮은 사람이 될 텐데."

앤과 다이애나는 집으로 돌아오는 길이 처음 출발할 때만큼이나 즐거웠다. 아니, 사실은 길 끝에 자신을 기다리는 집이 있다는 생각에 더 즐거웠다. 마차는 해질녘에 화이트샌즈를 지나 바닷가 길로 들어섰다. 저 너머 에이번리의 언덕들이 샛노란 하늘을 배경으로 거무스름하게 모습을 드러냈다. 뒤쪽으로는 바다 위로 떠오른 달이 밝고 아름답게 빛났다. 길이 굽어진 곳마다 파고들어온 작은 만에서 잔물결이 춤을 추듯 찰랑였다. 저 밑에서 파도가 바위 위로 부드럽게 철썩이며 부서졌고, 상쾌한 공기 중에는 코끝을 쏘는 바다 냄새가 가득했다.

"아, 살아 있다는 것도, 집에 간다는 것도 참 좋다."

앤이 숨결처럼 속삭였다.

개울에 놓인 통나무 다리를 건널 때 초록 지붕 집의 부엌에서는 앤이 돌아온 것을 반기듯 불빛이 깜박였고, 열어둔 문안에서는 은은한 난롯불이 쌀쌀한 가을밤을 가르며 붉은 온기를 전했다. 앤은 발걸음도 가볍게 언덕을 달려 부엌으로 뛰어들었다. 따뜻한 저녁 식사가 차려진 식탁이 앤을 기다리고 있었다.

마릴라가 뜨개질감을 접으며 말했다.

"그래, 왔니?"

"네, 아, 돌아오니 너무 좋아요. 전부 다 입을 맞춰주고 싶어요. 시계한테도요. 아주머니, 통닭구이네요! 절 주시려고 한 건 아니시겠죠!"

앤이 기쁨에 들떠 말했다.

"너 주려고 한 거지. 오느라 배가 고팠을 테니 맛있는 걸 먹고 싶었을 게 아니냐. 어서 옷이랑 갈아입어라. 오라버니가 오시는 대로 저녁을 먹자꾸나. 돌아와서 기쁘구나. 네가 없는 동안 어찌나 허전하던지. 나흘이 이렇게 긴 줄 몰랐다."

저녁 식사를 마친 뒤 앤은 매슈와 마릴라 사이 난롯가에 자리를 잡고 앉아 그동안 있었던 일을 전부 들려주었다.

앤은 행복하게 이야기의 끝을 맺었다.

"정말 멋진 시간이었어요. 제 평생의 획기적인 사건이라고 생각해요. 하지만 그중에서 가장 좋았던 건 집으로 돌아오는 길이었어요."

30

# 퀸스 입시 준비반이 만들어지다

마릴라는 뜨개질하던 것을 무릎에 내려놓고 의자 등받이에 몸을 기댔다. 눈이 피로했다. 요즘 들어 눈이 피곤해지는 일이 부쩍 잦아서 다음번에 시내에 가면 안경을 바꿔야겠다고 막연히 생각했다.

집은 어둑어둑했다. 11월의 황혼이 짙게 내린 초록 지붕 집 부엌에는 난로에서 춤추는 화염만이 빨갛게 불을 밝혔다.

앤은 난로 앞 깔개에 몸을 동그랗게 말고

엎드려 단풍나무 장작에 스며 있던 수백 년의 여름 햇살이 경쾌하게 뿜어져 나오는 모습을 물끄러미 바라봤다. 앤은 읽던 책이 바닥에 떨어진 줄도 모르고 입을 벌린 채 미소를 흘리며 몽상에 빠져 있었다. 안개와 무지개에 둘러싸인 스페인의 찬란한 성들이 머릿속에서 생생하게 솟아올랐다. 공상 속에서 펼쳐지는 놀랍고도 흥미진진한 모험은 언제나 성공적으로 막을 내렸고, 현실에서처럼 말썽에 휘말리지도 않았다.

마릴라는 다정한 눈길로 앤을 바라봤다. 불빛이 어둠 속에서 그림자로 은은하게 녹아들지 않았다면 보이지도 않았을 것이다. 사랑하는 마음은 말과 행동으로 알 수 있게 표현해야 한다는 사실을 마릴라는 몰랐다. 하지만 내색하지 않는 만큼 더 크고 깊게 빼빼 마른 잿빛 눈의 여자아이를 사랑하고 있었다. 앤에 대한 사랑이 지나친 게 아닐까 하는 걱정마저 들 정도였다. 앤에게, 아니 인간에게 이렇듯 끔찍이 마음을 쏟는 것은 죄악이라는 생각에 마음이 편치 않았다. 그래서 사랑하는 마음이 덜했다면 그렇게까지 엄하고 냉정하게 교육하지 않았을 것이고, 그런 교육 방식으로 자신도 모르게 속죄하고 있는 사실을 마릴라는 모르고 있었다. 확실히 앤은 마릴라가 자신을 얼마나 사랑하는지 전혀 몰랐다. 가끔은 마릴라를 기쁘게 하는 게 너무 힘들다고 생각했고 마릴라는 동정심도, 이해심도 부족한 게 틀림없다며 아쉬워했다. 그러나 마릴라가 베풀어 준 것들을 떠올리며 그런 스스로를 나무랐다.

"앤. 오늘 낮에 네가 다이애나와 나갔을 때 스테이시 선생님이 다녀가셨단다."

마릴라가 불쑥 말했다.

"선생님요? 아, 어떻게 제가 없을 때 오셨네요. 절 부르시지 그러셨어요, 아주머니. 바로 저기 '유령의 숲'에 있었거든요. 요즘 숲이

정말 아름다워요. 고사리나 빛이 고운 나뭇잎들, 풀산딸나무처럼 작은 식물들은 모두 잠이 들었어요. 꼭 누가 봄이 올 때까지 자라고 나뭇잎 이불을 덮어준 것 같아요. 달이 밝게 떴던 어젯밤에 무지개 스카프를 두른 잿빛 요정이 몰래 와서 그랬나 봐요. 다이애나는 그런 얘기는 잘 안 하려고 해요. '유령의 숲'에 유령이 있다고 상상했다가 엄마한테 혼난 걸 잊지 못한대요. 그 일은 다이애나의 상상력에 아주 나쁜 영향을 주었어요. 상상력을 망가뜨린 거예요. 린드 아주머니는 머틀 벨을 메마른 사람이라고 하시더라고요. 루비 길리스한테 왜 머틀 벨이 메마른 사람이냐고 물었더니, 아마 애인한테 배신을 당해서 그럴 거래요. 루비 길리스는 오로지 남자 생각밖에 없어요. 갈수록 더 심해져요. 남자 얘기를 하는 건 괜찮지만 그렇게 아무 데나 갖다 붙이면 곤란하잖아요. 그렇죠? 다이애나와 전 평생 결혼하지 않고 멋진 독신으로 같이 살까 진지하게 생각하고 있어요. 그런데 다이애나는 선뜻 결심을 못 하네요. 거칠고 무례하고 못된 남자랑 결혼해서 새사람으로 교화시키는 게 더 고결하다고 생각하거든요. 우린 요새 진지한 대화를 많이 나눠요. 이제는 많이 컸으니까 유치한 얘기들은 안 어울리잖아요. 열네 살이 다 됐는데, 그건 그만큼 숙연한 일이거든요, 아주머니. 스테이시 선생님이 지난 수요일에 여자아이들을 개울가로 데려 가서 그런 말씀을 하셨어요. 십대에 어떤 습관을 익힐지, 어떤 이상을 품을지 신중하고 또 신중하게 고민해도 지나치지 않다고요. 스무 살 즈음이 되면 인격이 형성되어 평생을 살아갈 기초가 다져지기 때문이래요. 그리고 기초가 흔들리면 그 위에 진정으로 가치 있는 것을 세울 수 없다고도 하셨어요. 다이애나하고 전 학교에서 집으로 오는 길에 그 얘기를 나눴어요. 굉장히 진지했어요, 아주머니. 우린 정말로 신중하게 생각해서 올바른 습관을 들이고, 최대한 많이 배우고 될 수 있는 한 분별 있는 사람이 되도록 노력하자고 했어요. 그래서 스무 살 즈음이 되면 우리의 인격이 제대로 형성될 수 있게요. 아, 스무 살이 된다고 생각하면 오싹해요, 아주머니. 너무 나이가 많은 것 같기도 하고 어른이 되어버린 것 같아서 겁이 나거든요. 그런데 낮에 스테이시 선생님이 왜 오신 거예요?"

"내가 하고 싶은 말이 그거다, 앤. 입도 벙긋할 틈을 안 주는구나. 네 얘기를 하셨단다."

"제 얘기요?"

앤은 살짝 겁먹은 표정이었다. 그러더니 얼굴이 빨개져서 소리쳤다.

"아, 무슨 말씀을 하셨는지 알아요. 저도 말씀드리려고 했어요, 아주머니. 정말이에요. 그런데 깜박 잊었어요. 어제 낮에 학교에서 캐나다 역사 시간에 《벤허》를 읽다가 스테이시 선생님께 들켰거든요. 제인 앤드루스가 빌려준 책이에요. 점심시간에 읽고 있었는데 전차 경주 부분에서 수업이 시작된 거예요. 결과가 너무 궁금해서 견딜 수가 없잖아요. 물론 벤허가 이길 줄은 알았지만요. 만약 지면 인과응보가 아니니까요. 아무튼 그래서 책상에 역사책을 펴놓고 책상이랑 무릎 사이에 《벤허》를 감춰 놓고 읽었어요. 캐나다 역사를 공부하는 것처럼 보였지만 그 시간 내내 《벤허》에 푹 빠져 있었어요. 얼마나 재미있는지 스테이시 선생님이 통로로 걸어오시는 것도 몰랐어요. 갑자기 고개를 드니 선생님이 나무라는 눈길로 내려다보고 계시지 뭐예요. 얼마나 창피했는지 몰라요, 아주머니. 특히 조시 파이가 킥킥 웃을 때 너무 수치스러웠어요. 스테이시 선생님은 말없이 《벤허》만 가져가시더니, 쉬는 시간에 불러서 말씀하셨죠. 제가 두 가지 점에서 크게 잘못했다고 하셨어요. 하나는 공부 시간을 낭비했다는 거고, 또 하나는 역사책을 읽는 척하면서 소설책을 본 게 선생님을 속이는 행동이었다고요. 아주머니, 전 그때서야 제 행동이 정직하지 못하다는 걸 깨달았어요. 충격이었죠. 전 펑펑 울었고, 스테이시 선생님께 다시는 안 그러겠다고, 용서해 달라고 말씀드렸어요. 그리고 뉘우치는 의미에서 일주일 동안 《벤허》에는 손도 대지 않고, 전차 경주의 결과도 들춰보지 않겠다고도요. 하지만 스테이시 선생님은 그럴 필요 없다고 하시면서 아무 조건 없이 절 용서하셨어요. 그런데 선생님이 여기까지 오셔서 아주머니께 그 말씀을 하셨다니 좀 너무하신 거 같아요."

"스테이시 선생님은 그런 이야긴 한 마디도 안 하셨다, 앤. 네가 괜히 양심에 찔려서 그렇게 생각한 게지. 그리고 학교에 소설책을 가져가면 안 돼. 넌 소설책을 너무 많이 읽더구나. 내가 어렸을 땐 소설 같은 건 쳐다보지도 못했다."

앤이 항의했다.

"음, 《벤허》는 훌륭한 종교 서적인데 어떻게 소설책이라고 하실 수 있어요? 물론 주일에 읽기에는 너무 흥미진진해요. 그래서 전 평일에만 읽는단 말이에요. 게다가 요즘은 스테이시 선생님이나 앨런 사모님이 열네 살이 되려면 아직 석 달이 남은 열세 살 여자아이에게 적당하지 않다고 하신 책은 안 읽어요. 스테이시 선생님이 제게 약속하자고 하셨거든요. 언젠가 제가 《유령의 집의 끔찍한 불가사의》라는 책을 읽는 걸 선생님이 보셨어요. 그 책도 루비 길리스에게 빌린 거였는데, 아, 아주머니, 정말 으스스하고 재밌는 책이었어요. 몸속에서 피가 얼어붙는 거 같았다니까요. 하지만 선생님이 그 책은 굉장히 어리석고 불건전한 책이니까 더 읽지 말고 그런 비슷한 책도 읽지 말라고 말씀하셨어요. 앞으로 그런 책을 읽지

않겠다고 약속하는 건 아무렇지도 않았지만, 그 책을 결말도 모른 채 돌려줘야 한다니 갈등이 됐어요. 하지만 전 스테이시 선생님을 사랑하기 때문에 시련을 이기고 책을 돌려줬어요. 어떤 사람을 진심으로 기쁘게 하려고 뭔가를 한다는 건 정말 멋진 일 같아요, 아주머니."

"글쎄다. 난 등에 불을 켜고 일이나 해야겠

다. 스테이시 선생님이 무슨 말을 했는지는 도통 관심이 없구나. 넌 네 말밖에 다른 건 흥미가 없지."

"아, 아니에요, 아주머니. 정말로 듣고 싶어요. 이제 한 마디도 하지 않을게요. 제가 말이 너무 많다는 건 알지만 고치려고 열심히 노력하고 있어요. 제가 너무 떠들긴 해도, 참고 안 하는 말이 얼마나 많은지 아시면 제 말을 믿으실 거예요. 말씀해 주세요, 아주머니."

앤이 깊이 뉘우치는 목소리로 말했다.

"그래, 스테이시 선생님이 상급반 학생들 중에서 퀸스에 들어갈 아이들을 모아 입시 준비반을 만드신다더구나. 방과 후에 한 시간씩 과외 수업을 하겠다며 말이다. 그래서 오라버니하고 내게 널 그 반에 넣고 싶은지 물으러 오셨단다. 네 생각은 어떠니, 앤? 퀸스 학교에 들어가서 선생님이 되고 싶니?"

"아, 아주머니! 제가 평생 꿈꾸던 일이에요.

그러니까 지난 여섯 달 동안, 루비와 제인이 입시 공부 얘기를 한 뒤로 계속요. 하지만 저한테는 아무 소용없는 일 같아서 말씀 안 드렸어요. 정말 선생님이 되고 싶어요. 하지만 돈이 많이 들지 않나요? 프리시 앤드루스는 기하학도 저보다 잘했는데 학교를 마치는 데 150달러가 들었다고 앤드루스 아저씨가 그러셨어요."

앤이 무릎을 세우고 두 손을 맞잡았다.

"그런 문제라면 걱정할 필요 없다. 오라버니와 내가 널 키우기로 했을 때, 우리가 할 수 있는 만큼 다해 주고 교육도 부족함 없이 받게 하겠다고 마음먹었단다. 난 그럴 필요가 있건 없건 여자도 자기 생계를 꾸릴 능력을 갖추는 게 좋다고 생각하거든. 오라버니와 내가 여기 있는 한 초록 지붕 집은 언제까지나 네 집이지만, 한 치 앞도 모르는 세상에서 사람 일을 누가 알겠니? 대비는 해 둬야지. 그러니 네가 좋다면 퀸스 입시 준비반에 들어가도 된단다, 앤."

"아, 아주머니, 고맙습니다."

앤은 마릴라의 허리를 와락 껴안았다. 그리고 진심 어린 눈빛으로 마릴라의 얼굴을 올려다보며 말을 이었다.

"아주머니랑 매슈 아저씨께 어떻게 감사드려야 할지 모르겠어요. 있는 힘껏 열심히 공부해서 아주머니와 아저씨께 자랑스러운 사람이 될게요. 기하학 점수는 크게 기대하지 말아 주세요. 하지만 다른 과목은 열심히만 하면 아무 문제없을 거예요."

"넌 잘해낼 거야. 스테이시 선생님도 네가 영리하고 부지런하다고 하시더구나."

마릴라는 스테이시 선생님이 한 말을 그대로 전하지는 않았다. 혹여 앤이 자만할까 봐 걱정이 되어서였다.

"너무 무리해서 책만 파고들 필요는 없다. 서두를 것도 없고. 입학시험까지 일 년 반이나 남았잖니. 그래도 제때 시작해서 기초를 튼튼히 다져 놓는 게 좋다고 스테이시 선생님이 그러시더구나."

"이제부터 공부가 더 재밌어질 거예요. 인생의 목표가 생겼으니까요. 앨런 목사님이 누구나 인생의 목표를 세우고 충실히 그 목표를 좇아야 한대요. 단 먼저 가치 있는 목표를 세우는 게 중요하댔어요. 스테이시 선생님 같은 선생님이 되는 건 가치 있는 목표죠, 아주머니? 선생님은 정말 고귀한 직업이라고 생각해요."

앤이 행복에 들떠 말했다.

퀸스 입시 준비반이 계획대로 결성됐다. 길버트 블라이드와 앤 셜리, 루비 길리스, 제인 앤드루스, 조시 파이, 찰리 슬론, 무디 스퍼전 맥퍼슨이 입시 준비반에 들어갔다. 다이애나는 부모님이 퀸스에 보낼 생각이 없다고 해서 빠졌다. 앤에게는 재앙이나 다름없었다. 미니 메이가 후두염을 앓았던 그날 밤부터 앤과 다이애나는 무슨 일에서든 떨어져 본 적이 없었다. 퀸스 입시 준비반이 방과 후에 학교에 남아 과외 수업을 받던 첫날 저녁, 앤은 다이애나가 다른 아이들 틈에 섞여 느릿느릿 교실을 빠져나가는 모습을 봤다. 다이애나가 혼자서 '자작나무 길'과 '제비꽃 골짜기'를 걸어 갈 생각을 하니 당장에라도 따라 뛰쳐나가고 싶었지만 간신히 마음을 눌렀다. 뭔가가 목구멍까지 차오르며 울컥해서 황급히 라틴어 문법책을 들어 그렁그렁한 눈물을 감추었다. 절대로 길버트 블라이드나 조시 파이에게 눈물을 들키고 싶지 않았다. 그날 밤 앤은 슬픔에 잠겨 말했다.

"하지만 아주머니, 다이애나가 혼자 나가는 모습을 보니 정말로 지난 주일에 앨런 목사님이 설교에서 말씀하셨던 죽음의 쓴잔을 맛본 느낌이었어요. 다이애나도 같이 입시 공부를 하면 얼마나 좋을까요. 하지만 이렇게 불완전한 세상에서 모든 걸 다 가질 수는 없다고 린드 아주머니가 말씀하셨죠. 린드 아주머니 말씀들이 위로가 안 될 때도 많지만 그래도 맞는 말씀을 많이 하세요. 그리고 퀸스 입시 준비반은 진짜 재밌을 거 같아요. 제인하고 루비는 선생님이 되는 게 제일 큰 꿈이래요. 그런데 루비는 아이들을 2년만 가르치다 결혼할 거고, 제인은 평생 선생님으로 살면서 결혼은 절대, 절대 하지 않겠대요. 선생님이 되면 월급을 받지만, 결혼하면 남편이 돈도 안 주고 생활비 달라고 하면서 되레 버럭거리기만 할 거라고요. 제 생각인데 이건 제인의 아픈 경험에서 나온 거 같아요. 린드 아주머니 말이 제인 아버지는 성질만 부리는 괴짜에다 둘째가라면 서러울 정도로 인색하대요. 조시 파이는 그냥 공부만 하려고 가는 거래요. 자기는 굳이 돈을 벌 필요가 없다고요. 남의 신세를 지는 고아들이야 서둘러 돈을 벌어야겠지만 자기는 다르다나요. 무디 스퍼전은 목사가 될 거래요. 린드 아주머니는 그 애가 이름에 걸맞게 살려면 목사밖에 할 게 없을 거래요. 그러면 안 되는 줄 알지만요, 아주머니, 무디 스퍼전이 목사가 된다고 생각하면 웃음이 나와요. 그 애는 얼굴도 크고 뚱뚱한 데다 파란 눈은 조그맣고 귀는 무슨 덮개처럼 뾰족해서 되게 재밌게 생겼거든요. 그래도 나중에 어른이 되면 좀 더 지적인 모습으로 바뀔지도 모르죠. 찰리 슬론은 정치학을 공부해서 의회에 들어갈 거라고 하지만, 린드 아주머니 말씀으로는 절대 정치인이 못 될 거래요. 슬론 씨네 식구들은 전부 정직한데, 요즘 정치하는 사람들은 나쁜 놈들뿐이라면서요."

앤이 《카이사르》를 펼치는 것을 보고 마릴라가 물었다.

"길버트 블라이드는 뭐가 되고 싶다든?"

"길버트 블라이드의 포부가 뭔지, 그런 게 있긴 한지, 전 잘 모르겠어요."

앤이 무시하는 말투로 말했다.

길버트와 앤은 이제 공공연히 경쟁했다. 지금까지는 앤 혼자 일방적으로 경쟁했지만 이제 길버트도 앤처럼 1등을 놓치지 않기로 결심한 게 분명해 보였다. 길버트는 앤에게 훌륭한 경쟁 상대였다. 나머지 학생들은 두 사람의 성적이 월등하다는 것을 내심 인정했고, 둘과 경쟁 같은 것은 꿈도 꾸지 않았다.

길버트는 연못에서 사과했다가 거절당한 뒤로 앤과 경쟁하는 것 외에는 앤 셜리의 존재를 아예 무시했다. 다른 여학생들과는 대화도 하고 농담도 주고받았으며 책을 바꿔 보거나 퀴즈도 냈다. 그리고 공부나 다른 계획들을 의논했고, 기도회나 토론 클럽이 끝나면 그중 한 명과 집까지 같이 걸어가기도 했는데, 앤 셜리만은 그야말로 단칼에 무시했다. 앤도 무시당하는 게 유쾌하지는 않았다. 머리를 치켜들며 아무 상관없노라고 혼잣말을 해 봐도 소용없었다. 마음속 깊은 곳, 변덕스럽고도 여성스러운 앤의 작은 심장은 신경이 쓰인다고, '반짝이는 호수'에서와 같은 기회가 한 번 더 찾아오면 그때는 전혀 다른 대답을 하리라고 말하고 있었다. 길버트에 대해 간직했던 오랜 분노가 한순간에 사라진 것을 깨닫고 앤은 속으로 당황스러웠다. 분노라는 동력이 어느 때보다 절실히 필요한 때였다. 기억나는 사건과 감정들을 전부 떠올리고 해묵은 분노를 한껏 채워 보려 노력해도 허사였다. 호수에서 만난 그날, 분노가 마지막 몸부림을 치며 사라졌다. 앤은 자신도 모르는 사이에 모든 것을 용서하고 다 잊었음을 깨달았다. 그러나 너무 늦었다.

길버트를 비롯해 그 누구도, 심지어 다이애나조차 앤이 못되고 거만하게 굴었던 지난날을 얼마나 후회하는지 짐작하지 못했다. 앤은 그런 감정을 '망각 속 저 깊이 묻어두기로' 결심했고, 일단은 들키지 않고 잘 지냈다. 그래서 속으로는 앤에게 관심이 남아 있던 길버트는 복수심에서 앤을 무시했고, 그 사실을 앤이 아는 것도 아무런 위로가 되지 않았다. 그나마 한 가지 위로가 되는 것은 앤이 찰리 슬론을 계속해서 가혹하리만큼 매정하게 무시한다는 사실이었다.

이것만 빼면 모두 즐겁게 제 할 일을 하고 공부하며 겨울을 보냈다. 황금 구슬 같은 하루 하루를 꿰어 일 년이라는 목걸이를 만드는 듯한 시간이었다. 앤은 행복했고, 열의로 가득했으며, 모든 게 흥미로웠다. 배워야 할 것들과 놓치기 싫은 자리와 읽고 싶은 책들도 있었다. 주일학교 성가대에서는 새로운 곡을 연습했다. 즐거운 토요일 오후에는 목사관에서 앨런 사모님을 만났다. 그렇게 앤이 알아차리지 못하는 사이에 초록 지붕 집에 다시 봄이 찾아왔고, 세상은 다시 한번 아름답게 꽃피었다.

그러자 공부에 대한 흥미가 아주 조금 떨어졌다. 학교가 끝난 뒤 남은 퀸스 입시 준비반

학생들은 창밖으로 친구들이 초록빛 오솔길과 나무가 우거진 숲과 방목지의 샛길로 흩어지는 모습을 부럽게 바라봤고, 상쾌한 겨울 내내 라틴어 동사와 프랑스어를 공부할 때 느꼈던 재미와 열정이 어쩐지 사라졌다고 느꼈다. 앤과 길버트마저 점점 흥미를 잃고 늘어졌다. 학기가 끝나고 반가운 장밋빛 방학이 시작되자, 선생님이나 학생들이나 반기는 마음은 마찬가지였다.

스테이시 선생님이 지난 저녁에 아이들에게 말했다.

"지난 일 년 동안 열심히 했어요. 여러분은 즐겁고 신나게 방학을 보낼 자격이 있어요. 밖에서 마음껏 뛰어놀면서 다음 일 년도 잘 보낼 수 있도록 건강과 활기와 포부를 가득 채우도록 하세요. 입학시험까지 남은 일 년 동안 마지막 결전을 벌이게 될 테니까요."

"다음 학기에 다시 학교로 오시나요, 선생

님?"

조시 파이가 물었다. 조시 파이는 거리낌 없이 질문하는 편인데, 이번 질문만큼은 다른 아이들도 잘했다고 생각했다. 모두 궁금했지만 물을 엄두를 못 내고 있었다. 다음 학기에 스테이시 선생님이 학교로 돌아오지 않을 거라는 소문이 한동안 학교 안에 파다했다. 선생님 고향 학교에서 자리를 제안해서 그곳으로 가기로 했다는 거였다. 퀸스 입시 준비반 학생들은 숨죽인 채 불안한 마음으로 선생님의 대답을 기다렸다.

"네, 다음 학기에도 여기 있을 거예요. 다른 학교로 옮길까도 생각했는데, 에이번리에 있기로 마음을 굳혔어요. 사실 여기 있는 우리 학생들과 너무 정이 들어서 헤어지고 싶지 않아요. 그래서 계속 학교에 남아 여러분과 만나려고요."

"야호!"

무디 스퍼전이 환성을 질렀다. 무디 스퍼전은 한 번도 그런 식으로 감정을 드러낸 적이 없었다. 그래서 일주일 내내 그 생각을 할 때마다 혼자 부끄러워하며 얼굴을 붉혔다.

“아, 정말 기뻐요. 스테이시 선생님, 선생님이 돌아오시지 않으면 정말 끔찍할 거예요. 전 다른 선생님이 오시면 공부를 계속할 마음이 나지 않을 것 같아요.”

앤이 눈을 반짝거리며 말했다.

그날 밤, 집에 돌아온 앤은 다락방에 올라가 교과서를 몽땅 꺼내 낡은 트렁크에 집어넣고 잠근 다음 열쇠를 이불 상자 안에 던져 넣었다. 앤은 마릴라에게 말했다.

“방학 땐 교과서에 손도 안 댈 거예요. 학기 내내 죽어라고 열심히 공부했고, 기하학도 1권에 나오는 명제들은 모두 달달 외웠어요. 이제는 기호가 바뀌어도 헷갈리지 않아요. 논리적으로 생각하는 건 지긋지긋해요. 여름 동안에

는 마음껏 상상력을 펼치면서 보낼래요. 놀라지 않으셔도 돼요, 아주머니. 적당한 선은 지킬 거니까요. 하지만 이번 여름은 정말 즐겁게 보내고 싶어요. 제가 어린아이로서 보내는 마지막 여름이 될지도 모르니까요. 린드 아주머니가 그러시는데, 제가 계속 이대로만 크면 내년에는 더 긴 치마가 필요하겠대요. 다리하고 눈밖에 안 보이겠다고 하시더라고요. 긴치마를 입으면 거기에 맞게 행동도 점잖아져야 할 거 같아요. 그땐 요정이 있다는 것도 믿지 않게 될까 봐 겁이 나요. 그래서 올여름엔 요정이 있다는 걸 마음껏 믿으려고요. 우린 전부 아주 신나는 방학을 보낼 거 같아요. 곧 루비 길리스의 생일 파티가 열리고, 주일학교에서 소풍도 가요. 다음 달에는 선교 음악회가 있고요. 또 배리 아저씨가 언제 한번 다이애나하고 저한테 화이트샌즈 호텔에서 저녁을 사 주신댔어요. 사람들이 호텔에서 저녁 식사도 하고 그러잖아요. 제인 앤드루스가 작년 여름에 가 봤는데, 전깃불과 꽃, 여자 손님들이 입은 아름다운 드레스를 보고 있노라면 눈이 부실 정도래요. 그날 처음으로 상류 사회를 맛봤다면서 죽는 날까지 잊지 못할 거라고 했어요."

다음 날 오후, 린드 부인이 마릴라를 찾아왔다. 목요일에 봉사회 모임에 나오지 않은 이유가 궁금해서였다. 마릴라가 봉사회 모임에 빠진다는 것은 초록 지붕 집에 무슨 일이 있다는 뜻이었다.

"오라버니가 목요일에 심장 발작을 심하게 일으켜서 혼자 두면 안 될 것 같았어요. 아, 그럼요. 지금은 괜찮아졌어요. 그런데 예전보다 발작을 자주 일으키는 것 같아 걱정이에요. 의사는 흥분하지 않게 조심하래요. 그야 어렵지 않죠. 오라버니가 재미있는 일을 찾아다니는 사람도 아니고 여태까지도 그런 적도 없었으니까요. 너무 힘든 일도 하지 말라는데, 그건 오라버니한테 숨을 쉬지 말라는 소리나 마찬가지죠. 들어와서 옷 벗어요, 레이철. 차 한잔 들래요?"

"그럼, 그렇게 권하시니 잠시 들어갈게요."

처음부터 그냥 돌아갈 생각은 눈곱만큼도 없었던 린드 부인이 말했다.

린드 부인과 마릴라가 응접실에 편히 앉아 있는 동안 앤이 차를 내리고 비스킷을 구워 내왔다. 비스킷은 까다로운 린드 부인의 입맛도 만족시킬 만큼 부드럽고 하얗게 잘 구워졌다.

해질 무렵 오솔길이 끝나는 곳까지 배웅을 하는 마릴라에게 린드 부인이 말했다.

"앤이 정말 야무지게 잘 컸어요. 마릴라한테 큰 도움이 되겠어요."

"그래요. 요즘은 정말 차분하고 듬직해졌어요. 덤벙대는 성격을 고치지 못하면 어쩌나 늘 걱정했는데 잘해내 줬어요. 이젠 무슨 일을 맡겨도 믿을 수 있답니다."

"3년 전, 내가 여기 와서 처음 그 애를 봤을 땐 이렇게 잘 자랄 줄은 생각도 못했어요. 세상에, 그렇게 성질을 부려대던 모습을 어떻게 잊겠어요! 그날 밤 집에 가서 토머스에게 그랬더랬죠. '두고 봐요, 토머스, 마릴라 커스버트는 자기의 결정을 후회하며 살테니까.' 하지만 내가 틀렸어요. 정말 다행이죠. 마릴라, 난 실수를 하고도 인정하지 않는 그런 사람이 아니랍니다. 암, 그렇고말고요. 내가 앤을 잘못 봤어요. 하지만 그럴 만도 했죠. 그렇게 별나고 특이한 아이는 세상에 다시 없을 테니까요. 다른 아이들과 같은 잣대로는 그 애를 판단할 수 없어요. 3년 동안 발전한 걸 보면 그야말로 놀라워요. 외모도 그래요. 아주 예쁜 소녀가 됐어요. 저렇게 창백하고 눈이 큰 얼굴은 내 취향은 아니지만요. 나는 다이애나 배리나 루비 길리스처럼 생기 있고 발그레한 얼굴빛이 좋아요. 루비 길리스가 정말 화사한 얼굴이죠. 하지만 왜 그런지 나도 이유는 모르겠지만, 앤이 외모는 좀 떨어져도 앤이랑 같이 있으면 그 아이들이 평범하고 너무 꾸민 것처럼 보인단 말이에요. 뭐랄까, 앤이 수선화라고 부르는 6월의 하얀 백합이 커다란 붉은 작약들 사이에 피어 있는 것 같다니까요."

**(5권에 계속)**

옮긴이 **박혜원**

심리학을 전공하고, 현재는 전문번역가로 활동 중이다. 옮긴 책으로 《빨강 머리 앤》, 《에이번리의 앤》, 《곰돌이 푸》 시리즈, 《소공녀 세라》, 《엄마 찾아 삼만 리》, 《시크릿 가든》, 《퀸 : 불멸의 록밴드 퀸의 40주년 공식 컬렉션》, 《브라이언 메이 레드 스페셜》, 《부케북》 시리즈 등이 있다.

빨강 머리 앤 4

초판 1쇄 2026년 1월 15일

지은이 루시 모드 몽고메리
옮긴이 박혜원

펴낸곳 더모던
전 화 02-3141-4421
팩 스 0505-333-4428
등 록 2012년 3월 16일(제313-2012-81호)
주 소 서울시 마포구 성미산로32길 12, 2층 (우 03983)
E-mail sanhonjinju@naver.com
카 페 cafe.naver.com/mirbookcompany
S N S instagram.com/mirbooks